吉田正俊の歌評

横山季由

現代短歌社

吉田正俊先生の写真

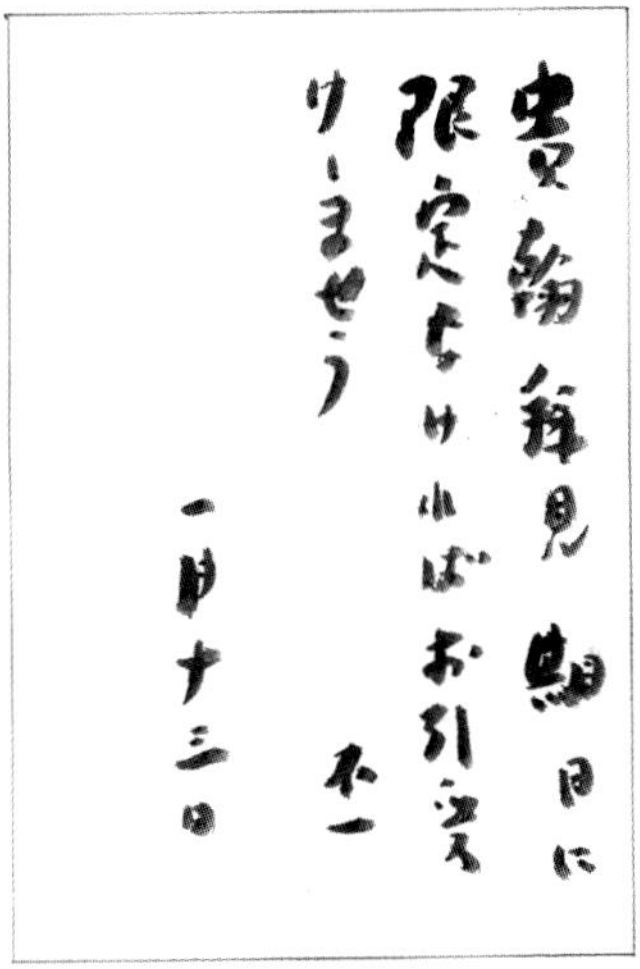

貴翰拝見 賜日に
限定なければお引受
けしませう
不一
一月十三日

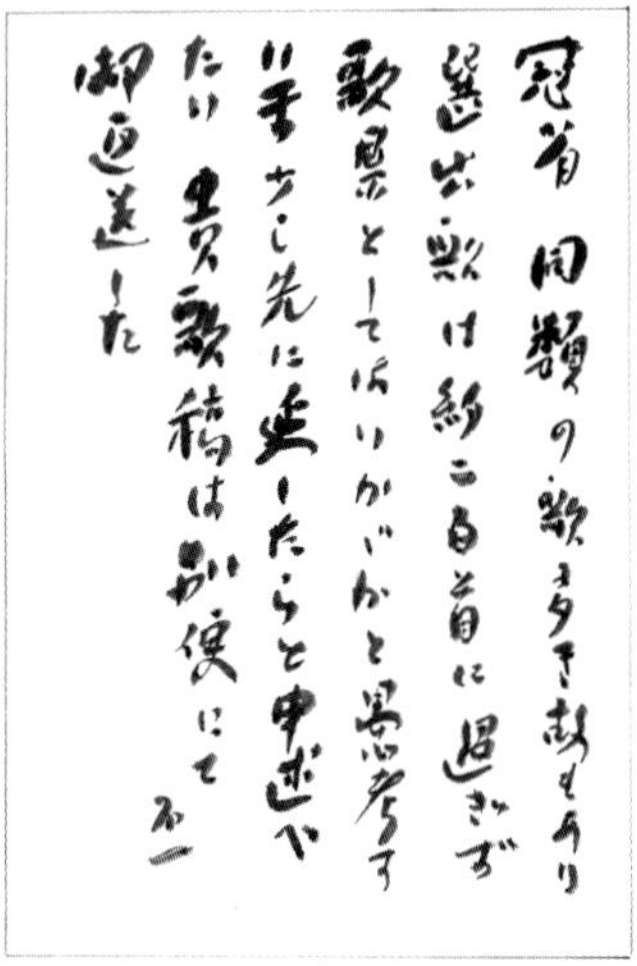

冠省 同類の歌多き故もあり
選出歌は約二百首に過ぎず
歌集としては如何かと愚考す
りますが先に送りしたらと申述べ
たし 貴歌稿は別便にて
御返送した
不一

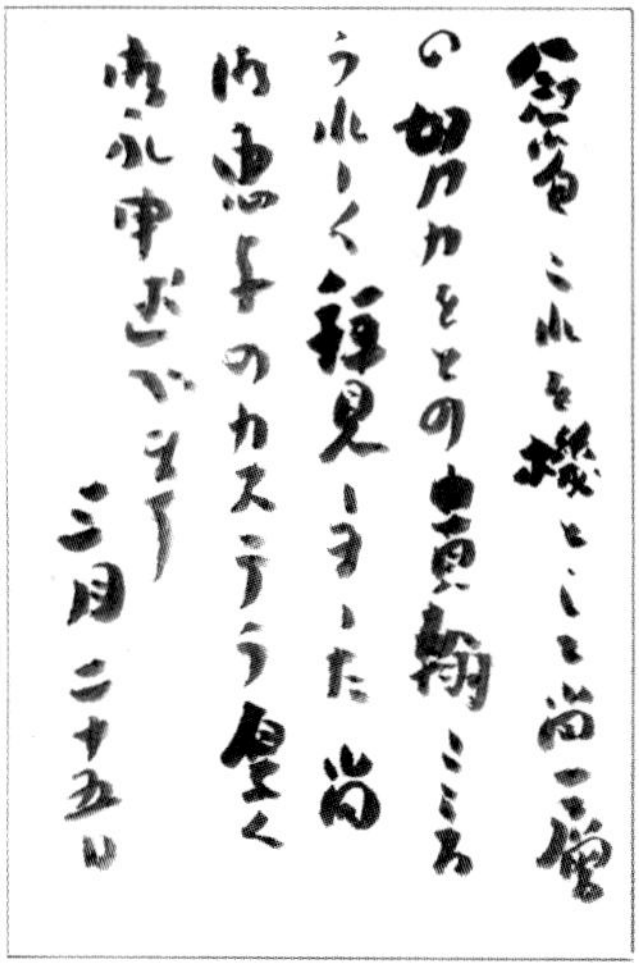

冠省 これを機として尚一層
の研鑽とその貴翰ここに
うれしく拝見しました 尚
内患子の力不足を
申述べます
三月二十五日

吉田正俊先生から頂いた葉書

目次

吉田正俊の歌評

はじめに

私は前著『土屋文明の添削』を次のように書き出している。

私は横浜に転居して以降、その在住時、「東京アララギ歌会」に努めて出席し、その歌評を記録し、歌誌「放水路」に連載した。その指導者は土屋文明先生、吉田正俊先生、宮地伸一・清水房雄両先生等と変り、昭和六十二年六月号から平成九年十二月号まで、その連載は続いた。

そのうち、最初の一年半程は土屋先生ご出席の歌会で、私はそれまで、アララギの「夏期歌会」や「奈良歌会」で歌評を受けてはいたが、その晩年の謦咳に接することが出来た。

本書はその姉妹編とも言えるもので、土屋文明先生の後を受けて、「東京アララギ歌会」を指導された吉田正俊先生の歌評記録で、先生のご了解を得て、歌誌「放水路」に、平成元年二月号より平成六年五月号まで二十七回にわたって記したものである。吉田先生の歌評は、昭和六十三年十二月十日の歌会から平成四年十二月六日の歌会まで続き、主に明治神宮参集殿において開かれていた。当時私は、仕事上、超多忙な職務についていて、「アララギ夏期歌会」も含めて十一回しか出席出来なかったが、これだけの分量になった。

それにしても、土屋先生が大切にされた「東京アララギ歌会」の後を引き継ぐことは、当時、「アララギ」の発行名義人であった吉田先生と言えども、大変なご負担であったことと思う。しかし、今読み返してみると、土屋先生とは又違った味があり、ものの感じ方や捉え方、さりげない表現のあり方、写生（単純化）のあり方、主観の表わし方、歌の会得の仕方等々、重要なことを、わかり易く歌評されており、学ぶべき点も多い。時によっては、やや簡単に終っている時もないではないが、それはそれで、吉田先生がどのような作を良いとされたのか窺い知ることが出来て、興味尽きない歌評となっている。

しかしながら、大変失礼ではあるが、正直言って、吉田先生は土屋先生ほど世の中に知れ渡っている存在ではない。そこで、プロローグとして、前段に、吉田先生に関して認めた文のなかから、幾つか選んで載せることとした。そのうち、「吉田正俊先生の思い出」と「吉田正俊遺歌集『過ぎゆく日々』を読む」は、先生のご生前、改めて先生に選歌いただいた作品でもって編んだ歌集『合歓の木蔭』に附した文であるが、歌集という性格上、お読みいただいた人も限られており、本書に転載した。これらの文が、本書後段の先生の歌評をお読みいただく上での一助となれば幸いである。

Ⅰ　吉田正俊先生の思い出

一、吉田正俊先生の思い出

敬愛する吉田正俊先生が、平成五年六月二十三日午後三時三十五分、呼吸不全のためご逝去された。僕にとってかけがえのない人の死で、痛恨の極みである。ご遺族等の話では、先生は、今年一月十四日、歌会始の召人を務められ、そのお疲れもあってか、風邪をこじらせ、二月よりご入院、意識不明のところを見事立ち直られた。その後四月には満九十一歳の誕生日をむかえられ、五月末には全快し退院され、自宅療養中、突然発熱、六月二十二日再入院され、その翌日のことであった。平成四年十月十八日分の「東京アララギ歌会記」に、私は「風邪気味か少し咳込まれていた」と記しているが、ひょっとするとこの頃から体調を崩されていたのかも知れない。

六月二十八日（月）、東京中野の宝仙寺で行なわれた葬儀、告別式には何とか都合をつけて参列することが出来た。曇り空で、時々晴れ間ののぞく暑い日で、小暮政次先生もお元気に参列され、「柊」代表の後藤安弘氏とともに弔辞を読まれた。「柊」の選だけは最後の最後までご自身でされたとの話を聞きながら涙が流れて止まなかったが、最後に、先生の安らかなお顔をみ棺に拝顔し、菊の花を添えてお見送りすることが出来たのはせめてもの慰めとなった。

○

ふるさとに帰るならねば吾がために残しくれし土地は兄にかへさむ　（霜ふる土）
先に立ち作りつづくる君あれば順ひて選びき幾十年か　（流るる雲）

先生は明治三十五年四月三十日、福井市浅水の農家に出生、福井中学、三高を経て大正十四年東大法学部に入学、一年生の七月アララギに入会、作歌を始められた。土屋文明先生に師事、第一歌集『天沼』で早くも主知的な吉田調短歌を完成させ、昭和のアララギを代表する作家として活躍され、最後まで「アララギ」の発行人を務められた。歌集に『天沼』の他、読売文学賞受賞の『流るる雲』、沼空賞受賞の『朝の霧』、それに『朱花片』、『黄莨集』、『くさぐさの歌』、『霜ふる土』、『淡き靄』等があり、選歌集に『草の露』がある。又、福井市出身で、熊谷太三郎氏とのご交遊もあって、昭和二十一年「柊」が復刊すると、その選歌を引き受け、五十年近く選歌をされ、最後の最後まで「柊」の選歌だけはご自身で続けられたことは、前述した通りである。特に、昭和四十四年以降は、吉崎温泉紫水館で開催された「北陸アララギ大会」に毎年出席され、多くの北陸詠を残された。

鋳型つくる人休みなく働けばわが思ひたり賃金計算の方法　（天沼）
退《しりぞ》くは何の機会かと思へども機会は常にあるにはあらず　（霜ふる土）

先生は東大卒業の昭和三年、東京石川島造船所自動車部（後にいすゞ自動車）に就職、専務取締役までご昇進され、最後は東京いすゞ自動車相談役。途中昭和三十一年には、日本生産性本部のマーケッティング専門視察団の一員として渡米もされ、その時の海外詠を『霜ふる土』に多く収められている。

あらそはず二人ありつつ或る時はこのしづけさに堪へざらんとす　（天沼）

鮟鱇の肝四切ばかりは必ずくれる伊勢久のおやじは三十年の友　（霜ふる土）

先生は昭和九年二月二十八日、田中ハルさんとご結婚、杉並区天沼に居を構えられ、以後終生そこに住まれた。そして、伊勢久のおやじや路地裏等折々の天沼界隈を作品に詠まれた。

しづかなる思ひは今宵かへるべし梅のくれなゐに差せる夕かげ　（霜ふる土）

もろもろの恩をしみじみ思ふまで疲れてゐたり今日の夕べは　（淡き靄）

迷ひ迷ひて吾が七十年いきほひて為しし記憶の一つだになく　（同前）

先生には主観句を直接入れて心理描写をされた佳作が多いが、謙虚で正直な人柄が出て、素直に気持ちの通った作で心ひかれて止まない。柴生田稔先生は先生のことを「丁度その文明の歌（注・ただひとり吾より貧しき友なりき金のことにて交り絶てり）の作られたころのアララギに、茂吉を慕って入会して文明の選を受け、赤彦以後昭和の時代のアララギに成長したのであり、人もみづからも興じて唱へるやうに、茂吉と文明を混ぜ合はせた作者だと言へるのである。」（アララギ昭和四十六年一月号）と記されているが、その通りであると言ってよい。

流れには陶土をくだく水車のこゑ乱れ咲き匂ふ秋の花々　（流るる雲）

ゆるやかに御屋根ながれて雨の中ひと本かをる木犀の花　（淡き靄）

み胸ゆたかに朱の裳《すそも》は流れたり右の御手のただしなやかに　（同前）

用語も素材もさりげなく、自然で平明で柔軟な詠みぶりで、歌意鮮明な作は先生の特色だ。画の境地の様に美しく、言葉が心に深くくい入っていく声調で、感動が伝わり、深い味わいのある作が多い。又、生活の作も、日常の中から感性よく独自の切り取りをして、淡々と詠まれるなか、生活感情が清新に描き出されて、感銘を与える作が多い。先生は、「アララギ」昭和五十年一月号の座談会で、「私などは、その別の方法（注・「現実は事実に即してはとらへられず、別の方法によらなければ駄目なのだといふ考へもあるやうだ。」との清水房雄先生の言）を見出すことが出来ないので、事実といふものを土台にしてどこまで現実に迫り得るかと模索しながら努力を重ねてゐるにすぎない。…我々の現実に対する行き方は、今のところこれ以外の行き方を考へられないし、恐らく将来もこの方向にただ従って行くだけだろう。」と述べられており、先生の姿勢を窺い知ることが出来る。

○

先生は、土屋文明先生が出席されなくなった昭和六十三年十二月十日の東京アララギ歌会以降、同歌会のご指導をなされた。私が先生に最後にお会いしたのが、平成四年十二月六日の開成高校での土屋文明忌歌会であったが、奇しくもこの日が、先生ご出席最後の歌会となってしまった。

以下、先生の歌評を振り返ってみたい。先生は歌評でよく平凡とか普通とかと言われた。例えば、「表現過剰なところはなく、単純に詠んでいるところはとりえだが、平凡と言えば平凡な歌。」（H1・2・5）等と。そして、「あまり平凡よりも、いくらか見方が変った歌の方がよい。」（S63夏期歌会）「普通のところを捉えずに、特殊なところをつかまえることだ。」（S63・12・10）と言われた。又、「どこが悪いとも言えないが、結局見方が平凡すぎると言うことになるのかな。特殊な見方をすれば、気障なところが出てしまうので、その辺のかね合いが難しいね。折角歌を作った以上、やっぱりいくらかでも、自分の個性のついたものを心がけないと、具合が悪いのじゃないかな。」（S63・12・10）と言われ、その上で、「本当は平凡な奥深いところが歌に詠み得るのが良い。歌というのは、こんなに難しいものとは思わなかった。」（H1・2・5）とも言われている。そして、「平凡を脱却するには」として、「先人の歌集を何度も読んで、自分ならここしか気づかないが、こういうところを気づくのか、この人はこういうところを捉えている、こう感じている等を自分で会得するしかない。」（S63・12・10）「先人の歌を読んで、自分で会得する他ない。そう急にと言うことは要らんが、続ければいくらかは上手になる。平常努力したのが何年か後に実るね。」（H1・5・21）「子規は歌を全部残している。初期の歌はあんな歌がと思うのもあるが、逆に後年あそこまでいったのはという参考になるね。」（H1・4・23）等と言われている。又、「よくあるネ。いくらあっても構わんし難を言う程の歌ではない。誰かが作っていたと考えたら歌は作れないから。」（H1・2・5）と、結果的に先人と同類の歌になっても止むを得ないと言われている。そして、先人である斎藤茂吉先生の作歌のさまに触れ、「作者はもう一度ショウウインドウへ行って作り直せばよい。茂吉先生は我々が気づかない一駒をパッととっていて、切りとり方がやっぱりうまい。先生は銀行やそこらの私らが気にもとめない所に手帳を持ってジーと立っておられた。長く見ていると一定しない様々な違った様子が目に写り、心にもひびき、その中で一番これと言ったものを先生は歌にされた。特に、自分が日常親しんだものは毎日見ているのだから、割合まとまった歌になる。逆に外国詠などはパッと見終ってしまっているので、帰って時間を置いてから作った方がよい。」（H1・4・23）「諸君は歌を作るとき、感じを急ごしらえするからだめだと斎藤茂吉先生が書いておられるが、感じをあたためないとだめだ。斎藤先生は、ジーと物をごらんになって、感じが自ら起こるのを待って、感じを醸すごとく詠まれた。」（H2・8・4）等と言われたことがある。更に写生について、「主題が二つに分かれ、欲ばりすぎている。どちらかに重点を置くべきだ。写生は写実でなければいけないが、松が三本あっても一本にする方が良い時は一本にするのが写生だ。何もないのを表わすのは嘘だけど、松の下に笹があっても笹を入れるか否かは自由だ。写生とは単純化のことで、要らんものをドンドン捨て、五十字でしか表わせないものや思いを切り捨てて三十一字にするのが写生だ。皆さんのは要らんものを足していく方式だ。」（S63・12・10）「見たまま、ありのままと言うことも場合によってはいい歌が出来るが、もう少し見所を変えていかなければならないんじゃないですか。門人が富士を描くが、いつも真正面からばかり描き在来の富士と変らない。そこで真正面からばかりでなく、もう少し後ろからでも、横からでも描いてみたらと誰かが言ったというのを思い出す。正面からばかりでは余程の力量がないと読者の目を引く歌にはならんな。たまには後ろから、横からやってみるのもいいのではないか。」(H1・3・26)「つけ足しの文句だな。どうしてこういうことを言うのかね。歌は説明というのはなるべく省くんだね。」(H4・9・27)「三十一文字にはなかなかならない情景を、不要と思われるところをどんどん削って三十一文字にすべきで、付け足して三十一文字にするのは間違いだよ。」(H4・10・18)「歌は事実なら何を詠んでもかまわないということはないね。空想より事実の方がいいということは言えるかわからんが、事実であれば何でも歌になるということにはいかん。」(同前)等々と言われた。言葉や文法の面では、「ものの感じ方、捉え方がまず大切で、それが普通であるのは困る。歌が慣れてくると言葉の吟味ばかり長けてきて問題だ。」(S63・12・10)「全体が良くなるのなら文法を無視してもよい。要は感じ方、ものの捉え方が一番大切だ。」(H1・5・21)「体言止めで整っているが、型で詠んでいる。感情よりも形を先にしている。これを抜けて、何か特殊に感じる感じ方が必要。」(H4・10・18)「古語を使っちゃいけないとは言わないが、古風すぎるね。」(H1・2・5)「目立つ言葉はなるべく避けた方がよい。」(H1・2・5)「歌はある調べを欲しい。調べを無視することは歌ではいかんだろう。」（H1・4・23）等々と言われている。更に単純化についても、「事柄がくど過ぎる。もう少し平凡になってもいいから、スッキリしなくては。出来上った時、自分で読み通してみなけりゃ。」（S63・12・10）「単純化をねらって、簡単になっちゃった。中味充実している単純化と中味充実していない簡単とは違う。」（H4・10・18）と言われている。いずれも含蓄があり、内容深い評言ばかりである。

◯

先生の歌評を聞きたくて、私は努めて歌会には出席した。「これでいい。」「これはいいと思うな。」「いいでしょう。」等々と評されると嬉しくてたまらなかった。

㊥受験する子の先行きを話しゐつ妻と夜ふけし部屋の炬燵に（S63・12・10）

㊞まあまあ親の心はその通りでしょう。平凡といえば平凡だが、そうけなす訳にもいかんでしょう。

☆

㊥この窓より事務のあひ間に見し港それぞれの時のこころ動きに（H1・2・5）

㊞これはいいと思うな。

☆

㊥枝こまかき冬の裸木の下歩むに舟にさびしき人影の見ゆ（H1・3・26）

㈲「歩むに」と強調する必要はない。「歩み」でよい。

☆

㈷窓のとほくに対岸のあかりともり始め机かたづけ帰るをとめら（H1・4・23）

㈲いいでしょう。（作者名発表後）欲を言えば「机かたづけ」は普通でね。これでもいいが、乙女の違った様子を捉えた方がよい。

☆

㈷仕事しつつ見るは青く波立つ海この窓にこころ寄る時多し（H1・5・31）

㈲これでいい。ただ「多し」まで言わず、「あり」でよい。

☆

㈷乳房豊かに子を膝に坐る青き像ありて光さす吾の通ひ路（H1・11・18）

㈲「光さす」をここにもってくるのは駄目だね。上句のどこかに、いやむしろ要らないかな。

☆

㈷人工の島作る鎚音高く響き潮引く磯に人ら涼めり

㈷神と人いづれが先にあり上にあるか議論するを聞く頭うつろに（H4・9・27）

㈲一首目を採る。二首目、神と人とどうなのか。人間は神様の上にはないよ。作者はどちらか。

（作者）私は特に…

☆

㈶病む君を遠く思ひしに今はむくろ狭き柩にしづまりまして
㈶この人のありて一年楽しかりき食ひて遊びて気風《きっぷ》よかりき（H4・10・18）
㈵「今はむくろ」と言う表現も、「気風よかりき」も取らなきゃだめだね。「食ひて遊びて」で「気風よかりき」はわかる。両方ともそう言う欠点があるな。（作者名発表後）大阪の人のことかい。（作者）いいえ、九州の人です。

☆

先生の東京アララギ歌会での私の歌に対する歌評である。最後の歌は中島栄一先生のことを詠んだのかと尋ねられているのである。先生は中島先生のご逝去を、この歌会月の十日締切の「柊」の私の歌稿でお知りになったようである。そのことをアララギの逸見喜久雄氏に話をされ、逸見氏より拙宅へ電話で確認があり、その結果、アララギに告知されたことになる。先生は中島先生のご逝去に感慨を持たれ、このような語りかけをされたのであろう。この時に限らず、先生の歌評は、厳しい中にも温かい気持ちがこめられ、作者一人一人を大切にされたものであったと言える。

その先生に、これらに先立つ昭和六十三年のアララギ夏期歌会の席上、「事務の量減らずに人のみ減らされて職務分担の設計難し」「辞めてゆく二人の事務を忙しく働く者に割り振らねばならず」という私の歌について、「これでは歌にならないのではないか。もう少し状態の奥を歌にしないと。中間管理職の歎きだが、これではご苦労様と言うだけだな。どうしてこういう歌を作るのかね。」と言われ、作者名発表後も「横山君、この辺のことをもう少し考えて欲しい。君は若いのだから。」と厳しく戒められた時は、立っていて体から血が引いていく思いだった。それでも先生は気にとめて下さっていて、平成二年から仕事の関係で欠席がちとなり、平成四年九月二十七日の歌会に出席出来た時は、「東京アララギ歌会では久しぶりで拝眉しましたが、御元気で何よりです。ご健詠を祈って止みません。」（九月三十日付）との葉書を賜わったりした。

○

「出来損なひの出来悪き歌を拾ひたまふ昭和四十八年より月々かかさず」は、「ポポオ」第四十六号に発表した私の歌だが、吉田正俊先生を詠んだものだ。私は昭和四十四年七月、アララギに入会しているので、その頃から先生の選を受けているが、先生に本格的に選歌を受けるようになったのは昭和四十八年四月、「柊」入会以降である。

当時、「グループ青麦」の仲間、守分志津江氏の「吉田先生の選歌は厳しいが、先生なら自分の思いを拾いあげてもらえると思う。その先生が『柊』の選をされている。」との助言が契機となっての入会である。正に先生の選を慕っての入会であって、欠詠した記憶はなかったことから前掲の歌を詠んだのであるが、記憶とは心許無いもの、今、正確に調べてみると、全く欠詠していないのは、昭和五十九年以降のことで、それまでは年に何回かの欠詠が見られる。「アララギ」に三十二回四十七首、「柊」に一九七回三九二首、合せて二二九回四三九首、これが先生に選んでいただいた私の歌の全てで、厳選の先生の選、一回平均一・九首となっている。先生の最後の選となった「柊」平成五年八月号の私の歌に「風わたるポピーの花原に妻と来ぬ四十五歳の誕生日けふ」があるが、正に二十四年間、これまでの私の半生以上の間、選歌を通じて短歌を指導いただき、人生も含め私の歩みを見守っていただいたことになる。このことを思うと、実に感慨深く、いくら感謝しても、感謝し尽し得ない。

そのような中で、平成三年一月、昭和五十七年から六十四年までの各誌に発表した作品が千五百二十首になっていたので、第二歌集用にと先生に選歌をお願いしたところ、ぶしつけなお願いにもかかわらず、快くお引き受けいただき、三月には、「アララギ」掲載分百二十四首中三十一首、「柊」掲載分百五十三首中四十二首の他合計二百八首を選歌いただき、ご返送いただいた。すでに先生に選んでいただいていた作も削り、期待していたより厳しい結果ではあったが、第二歌集は一定の水準以上のものでまとめたいと考え、そのようにお願いして選歌いただいた結果であったので、満足であった。「貴翰拝見　期日に限定なければ　お引受けしませう　不一　一月十三日」「冠省　同類の歌多き故もあり　選出歌は約二百首に過ぎず　歌集としてはいかがかと愚考す　いま少し先に延したらと申述べたい　貴歌稿は別便にてご返送した　不一」「冠省　これを機として尚一層の努力をとの貴翰こころうれしく拝見しました　三月二十五日」。今、手元に残っている先生からいただいた幾つかのお葉書のうちの、この時のものである。いつもながらに、毛筆で簡潔に用件のみが書かれているが、実に先生の心の温かさが籠り、故先生が偲ばれる、私にとっては大切なものだ。いつの日か、その後の歌を追加して先生に選んでいただき、合せて一集をと考えていたので、そのことが果せなくなってしまったことは大変悔やまれるが、今となっては、私にとって、大切な先生の形見の二百八首となった。

○

その先生が、歌会である時、「本当は平凡な奥深いところが歌に詠み得るのが良い。歌というのは、こんなに難しいものとは思わなかった。」と、述懐されたことは先に触れたが、私はここに、先生がめざされたものが吐露されているように思う。そして、そのような先生や、先生の歌をこよなく愛している。先生のご冥福を祈りつつ、先生の「歌というのは、自分の思ったとおりに詠むのが最後だな。…歌が上達するかしないかというのは末の末だよ。結局一生続けるということが大切なんだろうね。やはり続けなきゃだめだよ。いかなる天才でもつづけなきゃ。」（H4・1・1「日刊福井」）のお言葉を大切にして、欠詠することなく更に更に精進して参りたい。

（歌集『合歓の木蔭』「ポポオ」第五十四号、「放水路」平成五年九月号、同十二月号の初稿を改稿、加筆等し一編とした。）

二、二十四年前の戒め

私は「うた新聞」第七号（平成二十四年十月十日発行）の「批評の立ち姿」特集に、批評を受けた思い出として拙文を求められ、前掲のように題して一文を寄せた。しかし、字数が限られ、もう少し触れておきたいことがあるので、若干敷衍しておきたい。

昭和六十三年のアララギ夏期歌会でのこと。四十歳で、入会後十九年目の私の歌は「事務の量減らずに人のみ減らされて職務分担の設計難し」「辞めてゆく二人の事務を忙しく働く者に割り振らねばならず」で、土屋文明先生は「前の歌を採っておきましょう」と言って下さったが、その前の評者、吉田正俊先生に「これでは歌にならないのではないか。もう少し状態の奥を歌にしないと。中間管理職の嘆きだが、ご苦労様と言うだけだな。」と評された。更に、作者名発表後「横山君‼　どうしてこういう歌を作るのか。この辺のことをもう少し考えて欲しい。君は若いのだから。」と付け加えられた。私は、写実の歌は事柄的になりやすく、生活の歌は瑣末化しやすいとの戒めと、企業人として、歎き節の情ない歌は詠むなとのご指摘と受け止め、肝に銘じて、その後歌を詠み続けてきたが、当時は、選歌も歌評も厳しかった。

この歌会は、七月三十、三十一日、東京の健保会館において開催されたもので、土屋先生は九十七歳、全国歌会としては最後のご出席となった。開成高校で行われていて、私が昭和六十二年五月からほぼ月々通って、『土屋文明の添削』にその歌会記を認めた東京アララギ歌会も、同年十一年二十三日が最後のご出席となり、その後は、昭和五十七年から「アララギ」の発行名儀人であった吉田先生が引き継がれ、私はその後も継続して出席した。一方吉田先生は、八十六歳、いすゞ自動車専務や、東京いすゞ自動車会長・相談役を昭和六十一年に退任、「アララギ」の選歌・編集発行や「柊」の選歌に専心されていた。私は、昭和四十四年七月入会の「アララギ」では輪番で、昭和四十八年四月入会の「柊」では月々、吉田先生の選歌を受けていて、先生は私のことをよく知って下さっており、ご自分と同じ民間企業に勤めつつ歌作をなしている私を何かと気にかけていただいていたものと思う。先生の歌稿にはすでに作者名が記されているものが渡されており、先生は、私の歌と分った上で批評をされており、私はその歌評を「うた新聞」に記したように受けとった。

私は、吉田先生に名前を呼ばれて、その歌評の間立ち竦んでいたが、休憩時間に多くの人が寄ってきて慰めて下さった。例えば、今は亡き石井登喜夫氏（当時其一、後に「新アララギ」選者）には、「三十年前、五味先生に同じことを言われたのを思い出した。」と言われ、「ポポオ」の仲間、斎藤彰詰氏（当時其一、現「短歌21世紀」会員）には、「言われないより良い。横山君も難しい時に至っているのだ。」等と言われたりし、当時のアララギにはこのような雰囲気があった。

私は、「当時は、選歌も歌評も厳しかった。」と記しているが、歌評は、前掲の『土屋文明の添削』をお読みいただければ、お分りいだけると思う。そこには記していないが、晩年の柴生田稔先生が、政治的な時事詠を提出されて、「こんな歌を作って、何の意味があるのだ。」と厳しく諫められて、立ち竦んでおられた姿などは忘れられない。尚、当時の「東京アララギ歌会」に触れて、産経新聞社会部編『葬送—時代をきざむ人生コラム』（現代教養文庫）の「吉田正俊」に、

旧制三高時代に短歌に興味を持ち、東大在学中にアララギに入会。斎藤茂吉に見てもらおうと順番を待っていたら、手があいていた土屋文明さんに声をかけられ、生涯の師となった。月一回開かれる「アララギ」の東京歌会で、土屋さんの選評は会員を震え上がらせるほどだったというが、吉田さんも厳しかった。「とにかく尊敬しておりましたから、だんだん似てくるということはあったかもしれません」（夫人のハルさん）

と書かれており、当時の歌会のさまを偲ばせる一文だ。又、当時の選歌は、八人の選者の輪番制で、一首採られるのが七、八割、一首も採られない人が多数あり、土屋先生編で「沙中沙集」が編まれていたほどだ。例えば、昭和六十三年七月号の吉田先生の選を見ると、五首以上の其二はなく（全体でも十人、内一人が六首、一人が四首、他が五首）、其三の一首が三百三十五人（七十七・三％）、二首が八十八人（二十・三％）、三首十人（二・三％）。落合京太郎先生の選では、其二が二人（〇・四％）、其三の一首が二百八十九人（七〇・六％）、二首が九十七人（二十三・七％）、三首が二十首（四・八％）、四首が一人（〇・二％）。他の選者も概ね同傾向で、「沙中沙集」にとりあげられた人（つまり選者選で一首も採られなかった人）は五十七人という状況で、落合先生の選など、一首採られても、かなり添削し、中には元の姿もとどめぬ作もある程だった伝えられている。

（「柊」平成二十五年一月号）

三、昭和四十八年、四十九年の吉田正俊先生の作品

(一)

柴生田稔先生は、吉田正俊先生について「丁度その文明の歌(注=ただひとり吾より貧しき友なりき金のことにて交り絶てり)の作られたころのアララギに、茂吉を慕って入会して文明の選を受け、赤彦以後昭和の時代のアララギに成長したのであり、人もみづからも興じて唱へるやうに、茂吉と文明を混ぜ合はせた作者だと言へるのである。」(アララギ46・1)と記されている。

戦後っ子としてアララギに参加している一人として、次の理由から吉田作品に注目し、学びたいと思っている。

一、企業人として生き抜かれた作者に、企業に勤めて歌を作っている私として将来オーバーラップし得る部分があるのではないか。

二、裏日本(越前)で生を受け、都会(東京)で成長された作者に、丹波で生れ大阪で暮している私として感情移入し得る部分が多いのではないか。

そこで、直近に「アララギ」に発表された作品について、今少し詳しく見てみようと思う。

とりあえず、昭和四十八年度前期より抽いた作品ごとにアプローチする考えだが、全くの試行に過ぎず、作品紹介に終ることを恐れている。

入日の時過ぎて淡々くれなゐの海のはたてに匂ふしづけさ（一月号）

鶏頭の幾つくれなゐ冴ゆるところひそやかにして玄昉の墓（同）

昭和四十七年十一月五日、北九州アララギ歌会に出席された時、足を運ばれた旅先での作品十首中の二首である。一首目は、福岡県糸島半島茶屋ノ大門においての作品であり、場所は異るが、土屋先生の九州においての「西の海の雲の夕映いつくしき光の中に妻を見にけり」（六月風）よりやや遅い刻の写生であろう。上句から下句への語句の運びは学ぶべきところであり、自然の写実の中に、作者の心理が深く移入されている。二首目は、福岡県筑紫郡太宰府町にある筑紫観世音寺での作品と考えられる。玄昉は留学僧として入唐し、橘諸兄の政権ブレーンとして天平文化を築きあげた僧であるが、晩年は筑紫観世音寺別当に貶せられ、配所に没している。この僧の盛衰を充分に了知した上での作品と思う。二首とも表現が平易で、感情を沈めて確実に捉えられている点を学ぶべきである。

石原のいづれの隈に息しづめ若かりし君の憩ひましけむ（二月号）

唐寺二つまた浦上の天主堂信なきゆゑに巡り終へたり（同）

右は前記北九州歌会の際、長崎まで足をのばされたものと思われる。一首目は、茂吉の「石原に来り黙せばわが生石のうへ過ぎし雲のかげにひとし」（『つゆじも』「八月四日。谿、温泉神社裏の石原に沈黙せり」の題詞あり）が頭にあっての作品である。茂吉は大正九年スペイン風邪で発熱、臥床、六月一日喀血、以後転地療養しているが、この作は温泉嶽療養の時の作で、当時三十九歳の茂吉を考えると、七十歳の吉田先生が「若かりし」と言われるのも理解出来る。

茂吉の『つゆじも』に、「聖福寺の鐘の音ちかしかさなれる家の甍を越えつつ聞こゆ」「のぼり来し福済禅寺の石だたみそよげる小草とおのれ一人と」「中町の天主堂の鐘ちかく聞き二たびの夏過ぎむとすらし」等の作品が見られるが、二首目の唐寺二つは黄檗宗の聖福寺と福済寺であり、浦上の天主堂は、西中町にある。茂吉は長崎時代、これらに近い東中町五十四番地に仮住の居を構えている。作者は、茂吉思慕の念より巡られ、信仰などないから、遊覧の徒として寺や堂を巡れるのだという感慨を持たれたのであろう。この歌の前に「遊覧の徒次々に御堂に溢れたり神のみ許に行けざる者行くを望まざる者」がある。

何にかく心はいそぐ春蘭の花芽ふくれて見ゆるこのごろ（三月号）

流らふる雪に明るき蠟梅か今年は花をよく附けにけり（同）

自然、とりわけ植物に傾倒されている人として土屋先生を知るが、吉田作品にもその傾向を見ることが出来る。なかでも蘭と梅の歌は吉田作品より枚挙にいとまがない位で、強く関心を示されている。「究むるなき己が一生と庭に下り友のくれたる春蘭を植う」（アララギ46・6）「わが

恋はあくまで蠟梅の花の香にかかはることも幾十年か」（同46・1）
花鳥風月としての自然ではなく、作者の心理を植物に移入せしめる所にこれらの作品の基盤があると思うが、先生の「言葉なき草のいのちより濁りたるこころ記すは人間の業」（霜ふる土）に私はより注目している。二首の円熟は私にはまだ充分理解出来ない。

尾長来て飛び立つ雀ら椋鳥は恐れずあそぶ吾が冬の庭（四月号）

冬靄の今日かかりたる櫟原かくろふごとく人入りてゆく（同）

「椋鳥のとび来て花にかくろへばとりとめもなき春のひるすぎ」（アララギ45・6）「とぶ雀に山吹の枝ゆるるのかそれとも揺れて飛び立ちゆくか」「けたたましく尾長鳴きすぎ暑き朝たもつ体力をわづかに頼む」（同46・9）一首目は、これら従来の庭前の属目詠から推察がつくが、現実把握の確かさを私達は学ばねばならない。「冬日さす櫟林のくぬぎの葉かくしづかなる所ありけり」（くさぐさの歌）「冬靄の中にしづもり立つ欅かかる風景に今は惹かれつ」（霜ふる土）等がすでにあるが、二首目はこれらに類する作品である。上句の確実な表現に、下句のややシャープで密かなところに注目した。

再びの布野はみ葬のためにして朝居る雲もこころ悲しき（五月号）

何を思ひ布野のみ庭のいかり草送りたまひしさきぶれもなく（同）

三月六日逝去された中村シツ子夫人の葬儀（三月十三日）の時の作品である。「憲吉先生歿後も終始変ることなくアララギに深い理解を示され……」の吉田先生の言葉（アララギ四月号編集所便）に作品の背景が理解できる。

一首目、「たたかひの後の心のたをたを赤名峠を出雲に越えき」（霜ふる土）の作品から、終戦後布野を尋ねられていることがわかる。「布野の春を偲びてひとり東京に残れる吾はひとり歩きしつ」「赤名越え布野訪はむに暇なしわづかに詣づ一畑薬師」（霜ふる土）とも詠まれ、強く布野を心においておられただけに、「再びの布野はみ葬のためにして」という上句にこめられている感慨は一入であり、下句の主観句も純粋に理解され得る。二首目の碇草については、先に「碇草こまかき花のそよぎにも忌日ま近き布野をこそ思へ」（アララギ45・6）と詠まれ、中村夫人に対する前記文章と共に参考になる。

気性はげしき彼も停年になると言ふ手を差し伸べむ力すでになし（六月号）

「力なき吾をたのみて送り来し履歴書いくつか今日もふえゆく」（くさぐさの歌）「また一人仕事せばむと告げて来ぬそのわびしさは既にわが知る」（アララギ47・9）このように人間の弱さを露呈している先生を、作品のなかにさがし出すのはそう困難ではない。「気性はげしき彼」であるだけに、あわれが一入なのである。その詠歎は沈痛である。

㈡

前回に引続き、昭和四十八年後期作品について検討したい。

仕事せぬ今となりてはこころ広く世のさまざまにも憤るなし（七月号）

「青葉吹く風にこころのたゆたへば今日の一日は何すればよけむ」と共に発表された七首中の一首。かつて、「見えざる手が少しづつ自由を統制ししづかに変貌する資本主義」（霜ふる土）等土屋先生の「鶴見臨港鉄道」を思わせる作品を発表されたが、厳しい資本主義機構を離れて後の感慨である。すでに、「目をおほひ事の流れに蹤きゆくか若きは来り咎めゆけども」（アララギ45・1）「退きてやすらかならむと吾を言ふこゑごゑのまへに沈黙する」（同45・4）「僅か残る批判のこころ保たむにあなおぼつかな散る花のまへ」（同45・10）「世の動き見過しゐるとあらねども出でゆきて言はむ思ひもなし」（同46・3）等同傾向の作品を見るが、時と共に微かに変化する心境が窺え、老齢とともに至り得る境地であろう。

馬券買ひ人等いきほふその五階に用なき歌にいそしむ吾等（八月号）

病みて来ぬ一人にひそかに関りてこころさびしき歌会終りぬ（同）

六月十七日、「横浜アララギ・久木歌会」出席の時の作。「用なき歌」の句は、土屋先生の「世の中に用なき歌を玩び居りつつ今に言ふことやある」（六月風）からきているのであろう。「歌よみは三十までと思ひにき五十すぎ六十すぎ外に能無し」（山下水）と詠まれた謙虚な態度が、この作者に影響を与えているのでもあろう。吉田作品には、「犬枇杷のむらさきの実見しは何時何処か用なきことを思ふ此頃」（アララギ45・9）もあり、「用なき」と言いながらその奥が窺え、興味深い。二首目、「久木」主宰の飯岡幸吉氏は、この年七月十七日胃癌で死去され、当日の歌会には出席出来なかった。同席された小市巳世司先生の歌に、「君の病思ふ心に集ふ中来りてわれも一日励みぬ」があり参考になる。吉田作品には、「こころさびしき」「こころ悲しき」等の直接的な主観語が比較的多く使われ、よく納っていて、特徴的な主観的詠風をなしている。この二首の他に、土屋先生の「用ゐるなき吾が一日を遠く来つ君等の歌を貶しめて足る」（少安集）よりきている「君等の歌おとしめて今日の四五時間先生模倣もここに極る」の一首もある。

古き御寺に迫りとどろく高速道路思ひは荘厳浄土に現世利益に（九月号）

七月八日の北陸アララギ歌会の帰路、落合京太郎先生と近江の番場蓮華寺に参詣されたときの作。山上次郎氏が、「蓮華寺と茂吉埋髪歌碑」と題して、斎藤茂吉全集第十九巻月報五に書かれ、茂吉が、住職窿應和尚を慕って四回来山し、「目をあきてわがかたはらに臥したまふ窿應和尚のにほひかなしも」（ともしび）「松風のおと聴く時はいにしへの聖のごとく我は寂しむ」（蓮華寺の茂吉歌碑）等の作を残し、土屋先生も、「米原の小さき坂にも汗ながれ吾はこひ行く息長の寺」（自流泉）と詠まれている。掲出歌は上句を現実写実、下句に複雑な感慨を表出している。右の歌については、宮地伸一先生が本年の「短歌研究」新年号に取り上げ、又「アララギ」同号に、落合京太郎先生も十首を発表され、ともに参考になる。

強き日差に花のかがやく紫草か滅びゆくものを保つ幾人（十月号）

一年に一夜の花と嘆くとも蕋あらはにてゆらぐしろたへ（同）

作者は、心理を草木に移入し、微妙な感慨を表出するのが巧みである。一首目、「紫草」は、「あかねさす紫野ゆき……」の歌に見られる万葉植物である。土屋先生は、「紫草数鉢は今年始めて入手した。万葉植物では代表的の人気があるが、奈良万葉植物園でさへ枯れて居る場合が多い位で、植物学者には平凡らしい紫草も歌人乃至万葉学者には寧ろ稀覯品に属して居る。」（万葉紀行）と記され、「君がわかちし紫草の苗大切に蒔きつぎ幾年になるにやあらむ」（続青南集）「日の光みぬことになれば庭隈よりいづこに移さむ紫草一群」（続々青南集）と詠まれ、愛蔵の植物となっている。吉田作品にも、「何をして過ぎしわが生ぞ枯れたりと思ふムラサキ萌えいづるなり」「ムラサキは絶えフモトスミレの辛じて保つはあはれ吾が庭の中」（霜ふる土）等がある。掲出の歌は、庭の日ざしに咲く紫草を見て、「滅びゆくものを保つ幾人」という感動を持たれたものであろう。二首目、花は月下美人である。夏の夜、純白大輪の美しく香りのよい花が咲き、四時間くらいでしぼむ。この一夜の花に心を置き、『霜ふる土』に「あらはれしうす黄の蕋のうひうひしともしびの下の花のしろたへ」「一夜のみの花の命を育て来て花汝も吾もあやにしづけし」

等、多くの作を発表されている。二首共、滅びゆくものに対する心の動きをとらえられて心ひかれる。

古へを今に保てる庭へだて何ぞまた作る新しき石庭（十一月号）

岡先生終の住処の雨戸あけ覗き見る既に二十三年（十二月号）

一首目、九月九日、山口県湯田のアララギ歌会出席の折、近くの古寺を訪ねられての作と思われる。古えを保っている庭をへだてて、作られつつある新しい庭を見ての感慨であろう。前出蓮華寺の作と同傾向のものであろうか。二首目、昭和四十八年十月十四日、長野県での岡麓二十三回忌歌会に出席、「アララギ」十一月号編集所便に、「歌会前、私は薄井計雄氏等にともなはれ故先生の疎開中の家屋を訪れましたが、当時の御起居の様子などを偲び感慨新たなるものがありました。」と記され、歌の背景が知れる。岡麓は、生存中十回程住所を変え、北安曇郡会染村内鎌の、「薄井氏の近くであり、同氏が骨折って頼み入って借りられた住居」（『涌井』後記）である田中園司氏の茅葺の納屋を終の住居とし、昭和二十六年九月七日、尿毒症にて没している。吉田先生は、その家屋を訪ねられ、「ぼけの実」「柿」「瑠璃草」等の付近の景を克明に叙し偲んでおられる。「終の住処の雨戸あけ」とは、仮住いの多かった岡先生を熟知されての実に自然な表現であると思う。「米のため老を励まし書かせしをあざむきたりしありたりと言ふ」という一首があり、心打たれる。

㈢

引続き昭和四十九年前期作品を検討したい。

皿の上の一つ岩魚も思ひ沁む人の縁は尽きざるものを（一月号）

昭和四十八年十月十四日、岡麓二十三回忌歌会出席の際、青木湖畔に泊られての作か。「蕎麦うちて待つ」人と、「いくたびか話は亡き人に移」りつつ、「過ぎゆけるなべては今に帰ることなく」という感慨にかかわるものである。「高山の岩根し枕きて死なましものを」（万葉集八六）の手法と思われるが、作者には、「秋の日にけぶらふ欅よろこびもかく淡々となりゆくものを」（霜ふる土）「母をいたはる三人の様も布勢の海のなごりの潟も今日見しものを」（同）「早く倦む今のこころか机清む老のいとまも少しあるものを」（アララギ48・6）等、好んで使われている手法も発想も類型の下にあるが、重いひびきを保っているのは、純粋な感動と作者の力量による。

冬寒の夜半にしばしば眼をさますかかるさびしさに色彩はなく（二月号）

上句の具象により、表現が張り、老境が捉えられている。下句は危い表現とも思われるが、騒がしくなく納まっている。「冬寒」は広辞苑にはないが、簡潔でよい。「夕寒となれるころほひかすかなる光は湖のうへに残りぬ」（アララギ49・1）に類似句が見られる。

鮟鱇の肝多く呉るるばかりに親しみし伊勢久は死にぬ住み古りにけり（三月号）

具体写実による内面表現であり、「死にぬ」という直接的の表現につづく、「住み古りにけり」の感動には嚙み締めている張りを感じる。上句の大幅な字余り、四句の終止切れは、作者には少い手法である。「鮟鱇の肝四切ばかりは必ずくれる伊勢久のおやじは三十年の友」（霜ふる土）「駅までの徒歩八分間変らぬは伊勢久のおやじ文公堂の娘」（同）がある。

悲観的楽観的相交錯すいましばらく傍看し得る境界ならず（四月号）

ある意味で徹底した観念的手法であり、表現の抽象性の故に感動の平板さは感じる。しかし、人生における内実の一断片を表出しており、内容はある。「相交錯す」は、土屋先生の「湯の脇の綿屋旅館の鍋の馬肉橋本福松氏などの記憶も相交錯す」（山下水）に拠っていると思われるが、作者には、「駿河蘭に並べて置ける玉花蘭夕べその香の相交錯す」（アララギ46・9）「稀れに来る椋鳥の影交錯す寒き光のおよぶ木の下」（同50・2）等がある。又内容的には、「傍看し得る境界に入りしにあらざれば伝へ聞く人の様々を」（霜ふる土）があり、参考になる。

草いく鉢やしなひて知るつづまりは吾が手貸すにも限界あり（五月号）

人間の弱さを隠そうとしない作者の表白であり、素直、純粋な表現であり、吉田作品の一面である。表現の張りは下句の直接性によるのであろうし、「茜さし涼しき風の中に思ふ交りは花に草に限りき」（霜ふる土）を前提とすれば、この感慨は切実である。「花の香に心を保つことすらに限りありと言へばかなしく」（霜ふる土）「ほしいままにひとりの心遊ばせて最早空想にも限界あり」（同）「疲れつつ寝つきの悪き宵々よ最早空想にも限界あり」（くさぐさの歌）「才能をごまかしごまかし過ぎ来にて遂の限界に吾が至りたり」（同）等が、内容的に、又手法として参考になる。

㈣

吉田先生は、「アララギ」昭和五十年一月号の座談会で、「私などは、その別の方法（―注―「現実は事実に即してはとらへられず、別の方法によらなければ駄目なのだといふ考へもあるやうだ。」との清水房雄先生の言）を見出だすことが出来ないので、事実といふものを土台にしてどこまで現実に迫り得るかと模索しながら努力を重ねてゐるにすぎない。……我々の現実に対する行き方は、今のところこれ以外の行き方を考へられないし、恐らく将来もこの方向にただ従って行くだけだらう。」と述べておられる。短歌の方法論に関してのことであるが、参考になる。

引き続き昭和四十九年後期作品をみてみたい。

栗の花匂ふ木下を行きしかば吾が世わびしと思ふたまゆら（七月号）
楽しみの中のさびしさを知りそめぬ漸くにして心衰へ（同右）

一首目は、上句の事実の具象と、下句の主観とを手際よい技法でまとめられている。意はよく通り、上句と下句もつき過ぎておらず、吉田短歌の主観性をみることが出来る。手法は、きわめて微妙なものに思えるが、同じようなものに次のものがある。「ほしいままに女わらひて寄りしかば今日ゆきし郊外の薄が目に浮ぶ」（朱花片）「ほととぎす鳴きて過ぐれば慌しき旅も終りと思ふたまゆら」（霜ふる土）「枝うつり鳴ける小雀に散る枯葉この世清しと思ふたまゆら」（同上）

二首目は、客観的な対象がなく、抽象的な歌であるが、不思議と概念的でない。上句の主観の新鮮さと下句のおさめ方という方法的な面にもよろうが、作品が老境を隠そうとしない真実性に支えられているためであろう。「漸くにして」の手法としては次のものがある。「つきつめて憎み得ざりしもどかしさも漸くにして知りそめにけり」（霜ふる土）「逝く春の谷の青葉に遊ぶともやうやくにして足のおとろへ」（流るる雲）。尚、同号に「老といふ言葉も今は憎むなり繰り返し繰り返し使ひ来しかど」がある。

信なくてただ思ひ出づこのみ寺に争ひまし し万葉集の一首（八月号）

峠越えにそなへしと聞く杖その他自らいたはらるる齢となりぬ（十月号）

昭和四十九年五月二十六日、北陸アララギ歌会に落合京太郎、上村孫作、小市巳世司各先生と共に出席されている。

一首目は、その際に永平寺に寄られたときの作で、五首中の一首である。右の歌について、「昭和二年の永平寺安居会に於いて、この『霞ゐる』の一首につき、茂吉、文明両先生の間に論争があった事を詠まれた歌であろう。」と、宮地伸一先生が「アララギ」の昭和四十九年十月号に書かれ、参考になる。開善寺での作だが、「昭和二年一夏をここに過したり志望きまらぬ一日一日なりき」（流るる雲「越前勝山にて」）の作、能登島を見ての「万葉はただ君が説に従ひて今見る能登島はゆふぐるる波の上」（流るる雲）等が作者にはある。

二首目は、前記歌会のあとの二十七日、栃ノ木峠越で帰京された時の五首中の一首である。昭和四十四年に油坂峠を越えておられるが（―注―『流るる雲』に「油坂峠越えゆかむ君の企てにいそしき友の朝早く来る」がある。）、「地図に朱を入れたる道も恋しけど来む年にせむいま栃ノ木峠」（同号）と、今回は栃ノ木峠を選ばれたのである。意はきわめて明解で、心ひかれる。「杖その他」は簡潔であり、省略のきいた一首となっている。「伐りて作りくれし杖をたのみて歩みゆく美しき紅葉あれば休みて」（霜ふる土）「いたはられ旅ゆく嘆き言ひましき自らにし思ひ出づるなり」（同上）があり参考になる。

何をして過ぎしわが生と思ふまで今宵は月の澄みわたりたり（九月号）

上句と下句とを、「思ふまで」という句で結んで、感情を移入した先生独自の作と言える。先生の上句から下句への微妙な連続は、いずれの作をみても素晴しい。先生は「何」という語を多用されるが、「何をして過ぎしわが生ぞ枯れたりと思ふムラサキ萌えいづるなり」（霜ふる土）「何をして過ぐさむ一生かとまよひたる過去は形を変へて今もある」（流るる雲）等がある。

しろじろと曝れたる石原の一所生ひたる羊歯も枯れそむるなり（十一月号）

散り方のくぬぎ紅葉に射す夕日たゆたひながらうつろひにけり（十二月号）

共に属目詠で、客観的な風景が的確に捉えられ、その時の感慨が彷彿とさせられる。

一首目は、下北半島を旅されての作十首中の一首であり、恐山での作である。「くろぐろと続く熔岩に萌えそめてやさしき羊歯の所々に見ゆ」（霜ふる土）と叙景は全く異なるが、植物に対する気持ちは一つに思える。

二首目の景は先生好みのものであろう。次のような歌もある。「冬日さす櫟林のくぬぎの葉かくしづかなる所ありけり」（くさぐさの歌）「冬靄の今日かかりたる櫟原かくろふごとく人入りてゆく」（同上）「くぬぎ黄葉ちりてかがやく戒壇院割木をかかへ人通り過ぐ」（流るる雲）「櫟もみぢ散り片寄りしひとところ立つ陽炎のひるすぎにして」（同上）

（「関西アララギ」昭和四十九年五、十一月号、昭和五十年五月号、昭和五十二年三月号）

四、吉田正俊歌集『朝の霧』

第八歌集『朝の霧』は、昭和五十六年から同六十一年までの五年間の作品五百六十五首を収め、昭和六十二年六月十日に石川書房より刊行された。著者の、満七十八歳から八十三歳までの作品で、歌集名は「那須高原」冒頭の歌「ともしびの光は滲む朝の霧やや秋づかむとする思ひなり」に因ると思われる。

来るたびに小変化見る吉崎への道きぞの夜の酔ひほのか残りて
吊し乾すヤリイカに乏しき漁を思ふ幾浜かありて南にくだる
ヤブカンゾウはくすむ樺色のさびしき花ふりいづる雨を見ての朝立ち
秋づくと思ふ光に首伸べて声そろへ鳴くたまゆらがあり
小雨ふる空港に降り立つはただ五六人黒衣の僧の一人交へて

この歌集には、吉崎歌会の他、全国各地を訪ねての旅行吟が多く収められており、一つの特色をなしている。いずれも平明簡潔で、それでいて鋭く写生されていると思う。

悲しみの中のほほゑみを吾に見す幾年ぶりの会ひにやあらむ
車椅子に君はしきふる雪のけふ永久《とは》の別れと目を閉ぢにけり

日向寒蘭さげての来訪はいつの年なりし瓢々とベレー帽かぶりて

又、挽歌・追悼歌の類も多く収められている。前二首は、「五味夫人告別の日に」と題し詠まれたもので、夫人の柩を送られる病中の五味保義先生を写し、気持ちのよく通った佳作だ。三首目は、「山元藤之助翁を偲ぶ」一連中の作で、山元翁は過去にも何回か詠まれているが、よく特色を捉えた出色の作だ。

よろこびは如何なる小さき喜びでも祝福せむとす今は

過程より結論を先きとする考へ方仕事せずなりて弱まりて来ぬ

ひそやかに語る会話に入り行かぬは耳遠くなりし故のみならず

何をして暮しゐるかと人の問ふ唐突にして暫しとまどふ

このような作も見られる。第一線から退かれての感慨を、沁々と詠まれていて、夫々、作者の特色の出ている作と思う。

三所より来る花の鉢それぞれの花の匂ひの中に今日あり

咲き極まりいまか散りなむ寒牡丹見るはしづけし夕光の中に

それぞれに思ひまつはる木々ながら衰へゆくか住み古りて五十年

庭の木々曇りが下にしづまればひそむに似たりうつそみ吾も

これら植物に寄せた歌も引き続き詠まれ、しずかな調子で、これ又著者の特色がよく出ている作と言ってよい。

鮟鱇が鯛の値段に同じと言ふなべては移る時代にわれあり

時ながき読経に隣る老ひとりいたく自然に膝くづしたり

これらも、何とも言えない味わいのある作だ。本集について、故落合京太郎先生が、「他人には歌になることなど考えつかないもの、考えても容易に歌にまとめにくい対象を、この作者はいかにも安々と、それぞれに適宜な格調、うるおい或はあたたかさを持つた一首に仕上げる怪力者であることに驚く。」（「アララギ」昭和六十三年新年号）と記されているが、その通りで、それに尽きていると思う。

（「柊」平成六年三月吉田正俊追悼号「歌集解題」）

五、吉田正俊遺歌集『過ぎゆく日々』を読む

吉田正俊先生の遺歌集『過ぎゆく日々』が、昭和六十三年から平成五年ご逝去までの作品五五五首を収め、石川書房より上梓された。先生満八十四歳から九十一歳までの御作だ。このうち、平成四年十月頃迄の作品は、ご生前先生ご自身の手で整理されていたもので、その期間内の未収作と、それ以降の作とを補遺として加え、吉田ハル夫人の「あとがき」を添えて歌集は編まれている。

世に背く思ひわづかに残りゐて何するとなく過ぎてゆく日々　86

歌集名は、ご自身が整理されていた歌集の原稿の表紙に書かれていたもので、右の作によると思われる。

駅出づるおびただしき人群にわが思ふ企業構造変化の行方　34
ジグザグに移りゆく世に賢者らは巧みに説を変へ人をまどはす　35
若き笑ひ渦巻く群を通り抜けしばらく憩ふひとりベンチに　35
旋盤の二台ばかりの音ひびき行き止りの路地ひそかな営み　35
その軒下にいくつか並ぶ花の鉢世に阿るを嫌ふ人ならむ　36

いつ通りても幼なを見るなき児童遊園けふぽつねんと老人ひとり　36

利用されぬ福祉施設はどこか無理がある善意だけでは通らぬ世の中　36

昭和六十三年の「つれづれに」と題する九首中の七首であるが、夕方の街を歩かれての嘱目の幾首かに、「世に背く思ひわづかに残りゐて…86」と詠まれた先生の心をうかがうことが出来る。更に、「今更何をといふことも否も応もなく現実となる　50」「閑居して為す不善など物の数ならず商行為と言ひてばらまきの株　58」「思想が変ったのかその表現を変へたのか少しこだはる由なきことに　80」等も現実を見据えての厳しい作だと思う。主知的な吉田調短歌は、その晩年に至るまで、衰えることはなかったと言える。

会つてだけは呉れるだらうと古びたる名刺手渡す乞はるるままに　94

それからは君が努力と言ひ添へぬ吾が退きて後の事業界の変化　95

離合集散は企業の慣ひ気にするなと言ひたる後のわが思ひかな　182

先生は、この間も、この年齢にして、週二回程会社へ出社されていたとのことで、このような作をこの歌集に読むことが出来ることも驚かされる。

おくれ咲きし白妙の牡丹先づ散りぬ花のいのちも様々にして　43

山茱萸の黄なる小花のかがやきて隣る忍冬もすでに芽ぶきぬ　64

はびこりてはなやぐ琉球月見草隣るやぶれがさ一本つつましき花　73

手に負へずと賜りし大鉢の虎頭蘭われも手に負へずなりて幾年　78

エビネ蘭三株花さく著莪の中なべてもの憂くなりしこのごろ　86

亡きを偲ぶ木草年々に殖えゆきて今日は佇む小判草のまへ　111

みすぼらしき花と思へどヤブレガサ風にゆらげばつつましく見ゆ　112

ホトトギス今年の花の乏しきに寄せてわびしむことの数々　119

この二花で今年の野牡丹も終りかとよしなきことを思ひ見てゐる　172

先生に植物を詠まれた歌は多いが、この歌集でも、個有名で九十種類を超える草木が詠まれ、約半数の二百五十首超の作に植物が詠み込まれている。これらは、庭先あるいは旅先で目にとめられた草木や花々であるが、その見る目が何とやさしいことか。そして又、その主観句とのとり合わせは、吉田先生ならではの作で、流石である。

垣根の隙より入るか入るまいかとまなこを凝らす野良猫らにも新しき一年　29

唐変木の梢ゆらして茜さすゆふべの空に飛び去る小鳥　88

待ちわびし雨の一日を尾長来て唐変木をゆるがして去る　113

翼かがやき光の中を舞ひくだる色づく木の実に二羽の雉鳩　157

又、雉鳩や尾長や猫等も多く詠まれ、植物の歌とともに、心ひかれる歌が多い。

無量寿経終り読みつぐ阿弥陀経降りてしづかなるふるさとの雨　13

雪ふる朝門に立ちたる托鉢僧いぶかしみ見し幼き記憶　17
いつしかに四五羽となりて小雨の中うちつれ向ふ渚の方へ　20
幻にしばし古へを描くとも逝く春の日のただしづかなり　45
盲導犬引きたる人を中にして上土幌舗道に待ちくるる数人　75
年々に来りて二十幾年か鹿島の森も見飽くことなく　89
わが一生の学び始めの順化校忘れて思へや数々の恩　154

この間も、ウトナイ湖や十勝や甲斐の国やふるさと等を訪ねられ、吉崎での北陸アララギ大会には平成三年（平成四年は福井駅ビルでの開催）迄、年々訪ねられ、夫々の旅先での佳作を多く残されている。

とりとめなき口争ひの日々ながら平安の老と言はば言ふべし　22
疲れ易くなりたりとの汝のつぶやきを夜半の目覚めにしばし思へり　52
今日の友は魚直のおやぢ八十すぎ培ふ盆栽の話して帰る　96
ゆるやかに様変りゆくわが界隈住み古りにけり六十数年　122
寒椿を生垣とする路地の家いつしか異る表札の文字　122

昭和九年にご結婚され、天沼に住まれて約六十年になるが、ハル夫人のこと、天沼界隈のこと等をその折々にこのように詠まれている。

ふらふらと歌につながり六十年あはれ締切日歌となり果てにけり　9
万葉集読まざる久しほしいままに頁を繰りて拾ひ読みする　87
ゆきづまるたびに拾ひ読む子規歌集かくしてやうやく月々の五首　115
四五日を費して空の歌作り墨にて書きし後は茫々　183

又、先生は、アララギ入会後約七十年、万葉集を、子規歌集を読み、歌を作り、アララギを牽引された。最後の歌は、平成五年の歌会始召人としての歌だが、「一月十四日はつつがなかれとしみじみとつつしみゐたり朝に夕べに　183」とも詠まれている。

今年おそき春を嘆きて思ふとも過ぎゆくものは過ぎてゆくなり　10
及び難き平淡順直の君の歌風その医の業に深くかかはる　28
歌会の前夜必ず豊丘村より来給ひてわれをねぎらふ少々の酒　40
心整へむと一日読みつぐ青南後集在りまししと少し異なる思ひ　101
亡きは亡しとさりげなく幾度か詠みましき今にして知る深きみ心　101
虎頭蘭しるく匂へば尽くるなき思ひにしばし沈みゐたりき　101
わが隣に君在るごとき思ひしてほしいままなる歌評つづけぬ　109
君との旅重ねて二十幾年かかりそめならぬ縁なりけり　110
そのたびにわがふるさとを詠みくれぬ模倣しがたき数々の歌　110

驚きより悲しみに移るたまゆらの思ひは人に告ぐべくもなく　125
師走十八日が最後の会ひか元気にてそれでは又と別れしものを　125
こまやかなる君の配慮にこだはらず振舞ひたりき特に晩年　126
何にかくひろがり止まぬ空想もいつしか終りなべて茫々　127

そのようななかで、多くのアララギの人達の逝去にあい、前掲のように詠まれているが、とりわけ、土屋先生（前掲四首目から六首目迄）、落合京太郎先生（同七首目から九首目迄）、熊谷太三郎氏（同十首目から十三首目迄）のご逝去は、先生の心を傷めることになってしまった。

いつよりかただ夕暮れを待つこころありてあやしむその故由を　22
老といふ言葉も使ひ古しぬと一日ふりつぐ雪を見てゐる　31
思ひつく直ちに言ひて後くやむが多くなりたるこの日ごろかな　38
言葉にならぬ思ひ意外に多きこと気づく夕べのしづかなる雨　52
追儺の豆齢の数を食みたるは何時ごろまでかとひとり思へり　63
後悔《のちくゆ》る多くなりしと思ひつつしばし見てゐる流るる雲を　73
時の移りに感じ易くなりしは身の衰へと漸くにして気づくこのごろ　88
机のまへに眼鏡の曇り拭ひ居りさて何するとの考へもなく　114
おのづからなる身の衰へは術もなくものうき梅雨の時に入りたり　133

心して読む本の種類乏しくなりおのづから固定すわが考へ方　135

人並の楽しみはわれにもありたりと今宵は飲みぬ酒を少々　173

そして、そのようななかで、自身の老いゆく姿と心とを、このように多く詠まれている。

意識不明と濃きくれなゐの椿の花と同時に浮かび来るは何故ならむ　183

意識なく過ぎし幾日かと思ひつつひとり横臥す点滴の下　184

わが体今しばらく薬の棄てどころと客観視得るまでになりぬ　185

四五分でいいから何も考へずに居りたしと願ふこの日頃われは　186

退院は近しと告げられ目に浮かぶ咲き靡きゐむ琉球月見草の花　186

退院の暁しばし見し夢は濃きくれなゐの夏の花なり　187

先生は、その晩年、右頬の手術をされ、「右の頬を手術して家ごもる二十日あまり思ひいくらか世に遠ざかる　60」「思ひしより早き抜糸をよろこびて禁じられゐし酒を少々　60」等と詠まれたが、それは完治された。そして、平成五年二月肺炎のため倒れられ入院、意識不明のところを立ち直られ、一時退院、自宅療養中又、突然発熱、五月二十二日再入院、翌二十三日不帰の人となってしまわれた。

平凡を好みて一生すごすのかはびこり止まぬヤブメウガの花　94

「本当は平凡な奥深いところが歌に詠み得るのがよい。」と歌会で言われた先生の生きざまを詠まれた歌だ。先生には、用語も素材もさりげなく、平明で、言葉が心に深く入っていく声調で、それでいて、清新な独自性のある、味わい深い作が多く、心ひかれて止まない。

（歌集『合歓の木蔭』 初稿は「放水路」平成六年十月号）

六、天沼界隈を歩いて

吉田正俊先生が、平成五年六月二十三日にご逝去されてより、早や七年を経た。その後、「アララギ」の分裂もあって、土屋先生と共に忘れられていく存在のように思え、寂しい限りだ。

そこで、平成十二年六月十七日（土）、ご自宅付近を歩いてみることとした。ご自宅のある天沼一丁目は、ＪＲ中央線の阿佐ヶ谷駅と荻窪駅の真中位に位置しており、私は荻窪駅に降り立った。そして青梅街道を東進すると、反対車線側天沼バス停の向こうに「おぎの湯」の煙突が見える。歩いていると、天沼二丁目に「藤の湯」の煙突もあり、先生の次の作等が偲ばれる。

野を越えて立つ銭湯の朝煙なつかしみ思ふ移り来りて

わが庭の借景として見るものに右銭湯の煙突左クヌギ三本

その斜め前に阿佐谷南三丁目陸橋があり、

ただあゆむ冬になりたる夕茜うするる早き陸橋の下

その角を左折、文化女子大附属杉並中・高校の前を通り、中央線のガード下をくぐる。このガード下は駐車場等になっており、阿佐ヶ谷駅迄中央線の下に続く。先生の次の作は、

路地いでて視界ひろがるガード下葬りの造花作りゐる見ゆ

このどこかでの風景か。そのまま真すぐ歩むと、左手に小さな天沼児童遊園があり、次のように詠まれている。

いつ通りても幼なを見るなき児童遊園けふぽつねんと老人ひとり

更に進むと、米屋、くだもの屋と食事処「きさらぎ」の間の道を入り、クリーニング屋を前方右に見て散髪屋の角を左折すると、更に狭い路地。十四番地と十七番地の家並の間の道を少し歩くと、「セレーネ天沼」、「天沼荘」等の簡易アパートの隣に、生垣や庭木が路地に少し張り出した形で二階建瓦葺きの家屋敷がある。ここが天沼一丁目十六番地の五、先生の家だ。庭側、道に面し、木斛、花水木、黐、木蓮、白樫等の木々が見え、その奥、様々な木草が植えられ、所狭しと茂っている。門には「吉田正俊」の門札がそのまま掲げられており(「…新しき門札の家」「…いつしか異なる表札の文字」等と詠まれた先生へのハル夫人のご配慮であろうか)、門内玄関側にはヤブレガサ、アララギ、山桃等の木々が植えられている。門の前道を隔てて、「緑ハウス」、「古賀ハウス」等のアパートがあり、時あたかも黒猫が路地を横切り、雉鳩の声が聞こえる。先生が雉鳩や尾長や猫等多く詠まれていることは、「五、吉田正俊遺歌集『過ぎゆく日々』を読む」に記した通りである。

ゆるやかに様変りゆくわが界隈住み古りにけり六十数年

昭和九年「天沼に住む」以来、約六十年に亙り暮し「天沼界隈」等で数多く詠まれた世界だ。

その路地を少し進むと、十字路、家並にそって植込のある遊歩道が横切っており、

この界隈に新しく成りし遊歩道尽くるところまで歩み得るや否や

と詠まれている。その後、荻窪駅方面にむかって天沼一丁目から二丁目へと住宅地の路地を道に迷いつつ歩き、天沼八幡商店街を通り、先の青梅街道の駅前付近に出た。途中、文具の「文公堂」(二丁目九番地)や「伊勢久亡きあとの魚直とも年久し…」と詠まれた魚屋ではないが、「魚金」(二丁目十二番地)等を見つけて、

駅までの徒歩八分間変らぬは伊勢久のおやぢ文公堂の娘

の歌を偲んだりした。又、元に戻って中央線に沿って、阿佐ヶ谷駅方面に住宅地の路地を歩いた。こちらも駅まで七、八分位か、駅に近づくにつれて、スターロードと言う飲食店等が立ち並ぶ路地が続き、駅の高架下には「新鮮館」というスーパー等があり、駅前には「西友」や「東急ストア」等がある。先生は「阿佐谷付近」で、

この路地を通ひ路として年ありき樫の落葉のまろぶゆふぐれ

と詠まれている。僅か半日の行きであったが、道々の風景は先生の歌を彷彿とさせ、先生が未だにいますがに思えた。

(「柊」平成十二年十一月号)

Ⅱ　吉田正俊先生の歌評

吉田正俊先生の歌評

凡例

一、本書は、昭和六十三年十二月から平成四年十二月まで十一回に亙って出席した「東京アララギ歌会」「アララギ夏期歌会」における吉田正俊先生の歌評の記録で、そのご了解のもとに、歌誌「放水路」に、平成元年二月号より平成六年五月号まで二十七回に亙って掲載した「東京アララギ歌会記」をもって編んだもので、原則として発表当時のままである。特記していないものは、「東京アララギ歌会」でのもので、歌誌掲載号（年月）は後ろに添記した。

一、配列は発表順で、歌会の都度、詠草のなかから取捨し取りあげたり、先に掲載しなかった分を、開催日順にとりあげたりした。

一、頁数を少しでも減らすべく、「—部分は」等と記しているが、歌評ではその部分を読みあげて歌評されている。又、同じ歌評の作を何首かまとめて記している場合があるが、吉田先生は一首一首歌評されており、前後の作によっては当然ニュアンスは異なる。

一、㊦は原作で、㊣は吉田先生の添削後の作である。

(1)

昭和六十三年十二月十日の歌会は、土屋文明先生が風邪気味のため、代って吉田正俊先生が歌評をされた。ものの感じ方や捉え方、さりげない表現のあり方、写生（単純化）のあり方、主観の表わし方、歌の会得の仕方等、重要なことを、わかり易く歌評されたので、その一部を記しとめておきたい。又、歌稿は作って一週間か十日位置いて、更に推稿した上で投稿するようにとも話された。

(原)みとせへて色おちつけりわが平和像サロンにみたり死して悔いなし

—部分、作者はそういう感じかも知れんが、又その心持ちを持つことはよいが、それは心の底に秘めておくもので、ここまで表現としては言わない方が良い。

(原)相会はむ心寂しく乗り継ぎて峡に凍れる谷川を越ゆ

歌会の歌としては整ったいい方の歌だ。—部分、特色が出ている。歌はこういうところ捉えないとね。

(原)刻々と茜うするる森の上間をおきひびき来泉岳寺の鐘

四句目、「間をおきて」とする。難のない歌だが、ものの感じ方、捉え方がまず大切で、それが普通であるのは困る。歌が慣れてくると言葉の吟味ばかり長けてきて問題だ。

㈷ひねもすの勤め終りし港には満月昇りて寒々と照る

ホッとする時の気持ちは同情するが、こんなところに目をつけるようではだめ。この他に何かがあるはずで、こんな普通のところを捉えずに、特殊なところをつかまえることだ。

㈷亡き母の写真をみては涙ふく父の姿のやつれし初七日

―部分、ここまでは要らない。表現はさりげなく、さりげない表現の中に作者の感動をくみとらせるように工夫しなければいけない。

㈷萩咲ける道のぼり来し父の墓空をおほひてうろこ雲流るる

主題が二つに分れ、欲ばり過ぎている。どちらかに重点を置くべきだ。写生は写実でなければいけないが、松が三本あっても、一本にする方が良い時は一本にするのが写生だ。何もないのを表わすのは嘘だけど、松の下に笹があっても、笹を入れるか否かは自由だ。写生とは単純化のことで、要らんものをドンドン捨て、五十字でしか表わせないものや思いを切り捨てて、三十一字にするのが写生だ。皆さんのは、要らんものを足していく方式だ。

㈷夕早く南瓜煮てゐる窓近く群雀五十羽囀りやまず

数字を入れた方がよいか、とった方がよいか、作者は考えた方がよい。子規には数字を入れたのがあるけど、考えてのことだろう。

㈷張り付きてビル洗ふ職業人の灯し火は夕空木枯しよりも高かれと思ふ

この作者の、一部分の感じ方はどうかな。作者の主観は言わない方がよい。主観の使い方は、場合によって歌をかえって浅くする。底の底まで人に見すかされるのは歌を軽くする。

(原)古き地図取り出でて見る神宮のまつらるる丘と泉水路など

これだけでは、作者の感じ方はよく出ないな。主観を混じえない時は、その主観の背景がどこかに表われるように作らなきゃいかん。

(原)奥津城にけやきの落葉しきりなり母の忌の日をふるさとに来ぬ

このままで良いが、類型的になってきたね。これをどう破るかも大変難しい。そうかといって、そうけなす訳にもいかない。

(原)裾原はすでに落葉の季すぎていくすぢか林の中に道見ゆ

これでいいでしょう。

(原)一握り程のブロッコリー幾重にも艶ある細長き葉に埋もれて

一部分省いて、余り目立たないように歌は歌うべきなんだな。

(原)賜はりて今年七年か石蕗の黄にかがやきてわが庭に咲く

こういう歌も嫌味じゃないが、普通過ぎるのではないですか。数えきれぬ程あるね。かと言って、どこが悪いとも言えないが、結局、見方が平凡すぎるということになるのかな。特殊な見方をすれば、気障なところが出てしまうので、その辺のかね合いが難しいね。折角歌を作った以上、やっぱりいくらかでも、自分の個性のついたものを心がけないと、具合が悪いのじゃないかな。ところで、この句を省いた方がよい、平凡だとは言えるけれど、それをどうすれば脱却出来るかは土屋先生でも言うことは出来ないのではないか。それを会得するのは、先人の歌集を何度も読んで、自分ならここしか気づかないが、こういうところを気づくのか、この人はこういうところを捉えている、こう感じている等ということを、自分で会得する他ない。碁でもテレビで見ると、感心するけれど、それだけでは上手にならない。自分で悟るしかない。他の捉え方がないか、人のいいところを感じとる勉強が大切でないかと思う。

㊝鮮しき孔雀の羽根を一にぎり揃へて友の包みくれたり

軽い歌だけど、ちょっとおもしろいところもあるんだがね。—部分、わずらわしいのかな。

（平成一年二月号）

(2)

寒さのため大事を取って出席を控えられた土屋先生に代って、平成一年二月五日の歌会も吉田先生が歌評をされた。単純化と平凡、特殊化と平凡と言った難しいところに触れつつ、「歌というのは、こんなに難しいものとは思わなかったね」と述懐された。以下歌評の一部。

㊝風少し出できたるらしベランダに干し置く布巾窓ぎはに落つ

光景は実際的だが、見方が浅く通俗的だ。

㊟マロニエの若き並木に夕日さし冬の芽立ちの輝く梢

平凡かも知れないが、割合まとまっている。

㊟街筋の弔旗の下を歩み来て夜の勤務せむ服替へてをり

㉈…夜の勤務せむと服替へてをり

㊟枯葦の間にま鴨のひそみゐる湖昏れ初めて雪降りつもる

素直と言えば素直だが、材料が多過ぎる。

㊟運河一筋放水路に交はれり三キロが程は色清らなる

ものをよく見ている部類だが、数字を入れるのが効果的か否かは難しい問題だ。正岡子規の「鶏頭の十四五本はありぬべし」は、数字を入れないと味わえないが、この一首、私は数字を入れずにやった方がいいんじゃないかと思いますが。

㊟よき人柄の君は人柄のままに老ひ血圧の少し高きこと言ふ

「老ひ」は「老い」。――部分はこれで良いが、――部分、これだけではどうかな。その辺工夫が必要。

㊟茜空映し流るる幾筋か川交錯す暗き視野の中

丁寧に見ている姿勢は良いが、何でも歌に詠みこむのもどうか。――部分が要るかどうか考える必要がある。

(原)すずかけの一葉ひらひら冬晴れに照り反りつつ終焉を舞ふ

―部分の表現、大げさで具合が悪い。「散りてゆきたり」でよい。目立つ言葉はなるべく避けた方がよい。

(原)平成となりて四代を生くる母にいくさなき世を切に祈れり

---部分は一つの感じを持った句。―部分も良く分るが、そこまで持っていかないで、もっと母の個人的なことを主にした方が良い。

(原)ふくれつつさ走りてゆく逆波のたまゆら見する白のかがやき

―のような使役形式は歌ではあまり使いたくない。「見ゆる」という具合に詠んだ方が単純でよい。

(原)あこがれて月々読みし君の歌年あらたまりアララギに載らず

感慨は湧くが、これだけという感じはするな。偲ぶ歌は、特殊性が出ないうらみがあり、一般的な月並な歌になりやすく、割合難しい。

(原)年経たる畳襖を入れかへて新しき巳の春を迎へる

「巳の春」は「年」でよい。平凡と言えば平凡。逆に「畳襖を入れかへず」の方が、ものの見方、感じ方は出るかも知れない。しかし、本当は平凡な奥深いところが歌に詠み得るのが良い。

㊟歩道の低き段差につまづきてそれより少し心立直る

一寸おもしろさを感じるが、それが歌の本筋かどうかは別問題で、迷うところだ。

㊟安らぎの返る道なりきマテバガシ繁る木下も舗装されたり

---部分だけにするか―部分を主眼にするかは考えた方がよい。私は---部分だけに主力を置きたい。歌としては、主眼点を置いてそれをクローズアップするのがいいのではないか。全ゆる感動を一緒にするのは具合が悪い。なるべく単純にして、夾雑物を混じえない方がいい。ところが、そうなると何か平凡になる。

㊟憲法を守ると陛下は述べ賜ふお言葉嬉し新しき代の

普通一般的で、新聞なんかに文章で出ているが、記事と歌はいくらかニュアンスが変ってこないとね。

㊟パリの友の名をだしぬけに言ひ出づる夫も朝疾く覚めてをりしか

―部分、三十一文字にするためにつけたした感じで気になる。歌はつけ足しでなく、いろいろある情景や思いをドンドン削って三十一文字にするのだ。

㊟午前九時やうやく日の差す長崎の妻の看る母の家に目覚めつ

―部分、複雑なんだね。長崎の病む母の家に目覚めたで一首とし、それを看護する妻のことはもう一首にする方がよい。事件を全て集約して一首にすると、うるさく、感じが散漫になる。

㊊離り住む君健やかに歩数計日々の暮しに生かし給ひて

―部分拙い。「たずさへてゐる」位にもっと簡単にすること。

㊊ブロック塀の裾の日向に芽生えたる薄きみどりの蕗薹摘みぬ

㊊病む母を思ひて眠れぬ真夜を読めば雨音聞ゆこの寒中に

㊊君亡きをかなしみて一日こもり編むシルクヤーンはきしみ音する

以上三首、ともに―部分、ここまで要らないんだな。

㊊還暦に間近き夫と健かなり春肥届きぬトラックに二台

㊎…トラック二台に

㊊休暇とりて家政婦は帰りぬ病室にひとりとなりて正月を迎ふ

┆部分は良いが、―部分が説明だな。

㊊漸くに落着きたりと友の便り熱海の老人ホームに入りし

㊎…落着きたりと便りあり…入りし友より

㊊熱きタオル絞りて手に渡す君ありて充たさるる心の寂し今宵は

割合に単純でない情景を、「寂し」で表わしているのだが、その辺が複雑すぎるとも言える。

まあこのままでいいでしょう。

㊊鍬担ぎ吾が往き来するこの坂は曇る日多し陛下崩去のその明日より

―部分と‥‥部分との結びつきを感じさせようというきらいがある。その関連性を思わせないように作るべき。

(原)ふるさとの小さき町の小さき歌誌われは編むなり後をぞ継ぎて

―部分、感じがあると言えばあるが、少しくどくないか。もう少し工夫する必要がある。

(原)セミナーに妻と教はりし老化防止体操吾は続けて六年となる

‥‥部分これだけでは説明だけに終っている。―部分の思いがもう少し出てこないと、普通の報告の歌になってしまっている。

(原)主人役になりし茶会の無事に終へのびし日脚を障子越しにみる

―部分、必要なことだが、文章に表わさず、主人役になった状況を表わすべきだ。

（平成一年三月号）

(3)

御津磯夫氏が「会員の作品には大喪の礼、暖冬の語の入つた歌が多かったが、その作品はあまりにも常套語が多く使はれてゐて採れるものがまことに少かつた。誰れでも思ふことは同じ、使ふ言葉は同じではその人の短歌にはならない。少しでも自分一人だけの思ひ、感じ方、言葉が入つてゐることを心掛けたいものである。」（「三河アララギ」平成一年四月号「海浜独唱」）と記されているが、吉田先生も同様のことを何回となく言われた。以下、平成一年三月二十六日の歌評の一部。

(原)蚕豆の茎立つ畑の道過ぎて太東岬の潮騒きこゆ

ありきたりと言えるが、難を言う歌でもない。こういうところから一歩踏み出る必要はあるが…。

(原)花ふふむボケの根株に入り組みし野紺菊の太き走り根を抜く

物を細かいところまで観察しているといえば言えるが、少し事柄が多過ぎるのではないか。

(原)声域のせまくなりしをなげきをりし母の偲ばゆ隅田川の曲

―部分、もう少し良い表現がないかな。

(原)雨上りの梅の蕾の一しづく光り透しておちるともなし

―部分、不味いね。もう一苦労しないと、

(原)子が友が生徒が旅の土産なる人形雛とともに飾りぬ

―部分、三様の人ならくどい。

(原)苛だちてバス待つ心和みたり籬に赤きつるばら匂ひて

―部分のところをもっと歌に出来ないかな。心持ちが歌になり過ぎている。苛立っているのが、何かを見て和んだと言うのが、考え方として常識的になるんだな。その辺、難しいところだ。

(原)故郷にみどり児を祝ふ集ひの席幾人かわが知らぬ顔あり
よくあって、一つの感動を誘うのは事実だが、やはり、普通ありきたりになり過ぎているのではないか。

(原)少年は席ゆづりくれて足早に隣りの車輌にうつりゆきたり
このような場合の歌としては割合良い歌だと思う。

(原)西空に万二郎万三郎も淡々と富士ケ嶺黒く冬霞のうち
普通の歌だな。

(原)敗戦の惨めな生活薄らぎて時には妻は我が儘を言ふ
—部分はいいが、その前とつき過ぎている。歌はつき過ぎても具合が悪い。

(原)苔青き岩を巡りて照る水に漁れる鳰の群潜き移る
くどい。もう少し単純にいかないと。—部分、何でもかんでも入れこんでいる。もう少しはぶかないと。

(原)四国にも内需拡大の動きあり工場群はフル操業と聞く
新聞記事と同じだな。—部分と┆部分が2×2が4と同じ。歌は2×2が5でなきゃ。当然のことを当然、これじゃ歌にはならない。

(原)おいしうてやがてさびしき無花果を独り食うぶる君はさ庭に

「おもしろうてやがて悲しき鵜飼かな」?の俳句の方が良い。これは不味くなった作だが、不味くなっても、いい人の歌でも俳句でも取り入れて、較べてみる必要はある。

(原)寒の入日茜の雲に沈むころためらはず買ふ文庫本一冊

—部分気分的で、つっぱねたところが欲しい。上下句のつながりはどういうものか。何か関連があるようではっきりしない。やはり、いくらか気分的なつながりは、歌では必要なのではないか。あまりピッタリつき過ぎるのも困るが、これでは離れ過ぎではないか。

(原)道路拡幅の話決りて昨日より傍の松を掘りて運べり黒松なりし

(原)庭土の黒きにかがむ感触のこほし四階に一人住みつつ

(原)街路樹の整枝終りし道の上に飛沫上げつつきさらぎの雨

(原)雨霧らふいでゆにひとり目覚めゐて目交ひに聞こゆ沢水親し

(原)廻り居し若き人去り殷周の銅器並ぶ室足元の冷ゆ

(原)政治には疎くひたすら野菜作り終へなむ一生自ら諾ふ

(原)背に張りし湿布にかぶれいたづきに円座を添えて臥すもせつなし

(原)感謝せる日々にて今日はあたたかし遺族年金のこときき出できぬ

以上八首、これらは—部分、要らないのではないか。

(原)心通はぬ人らと長き旅を終へ疲れて熱きコーヒーをのむ

—部分、私はいいと思うが、下句はどうかな。何か他のものを持ってきたい気がする。

㊊葱華輦担ひし舎人の摺り足の足音氷雨のなかに迫り来る

大喪の礼をテレビで見て作った歌は、「アララギ」投稿歌に無数あった。別にテレビや映画を見て作っても構わないが、それらは間接的な感動に陥る弊害の歌が多い。それらでうまいのは茂吉だ。切りとり方がやっぱりうまいのか、我々が気づかない一駒をパッととっている。我々は一般常識的なところばかり目にとめるんでね。

㊊吾が歩みさそふ薫に立ち寄りし店の明るむフリージァの花

—部分どうかな。詩的過ぎるんだね。巧みのようで、もう少し率直に言った方がいいと思う。

㊊語りつつ亡父と紙縒つくりたりきアララギの歌稿綴ぢつゝ今宵は思ふ

㊍語りつつ亡き父と紙縒つくりたりき今宵アララギの歌稿綴ぢつゝ思ふ

㊊妻君をみとりつつ書きし君の便り濯ぎ物乾く日和嬉しと

—部分、俗過ぎる。便りの中にこれでない歌詩はなかったかな。

㊊幻の如くにも夢の如くにも見舞の姪の顔ゆれて見ゆ

—部分いいと思うが、—部分、重ね方がくどい。もう少しスッキリとね。

㊊下宿生にかりたる辞書に赤き線苦節のところ強くひかれあり

ただ事柄だけを言って、いくらか作者の感動を混じえたところがありますから、これでいいんではないでしょうかね。

㊊ビルのなか通路にかざる紅梅と菜の花に寄りしみじみとをり

―部分、常套的過ぎるので、どうかな。それまでの情景を、もう少し丹念に詠むんだな。そうすれば、割合新しい歌になるのではないか。

㊊排水講を堀りて枯れたる竹の葉の散る庭の静もり疾風過ぎぬ

㊎―散る庭を春の疾風過ぎぬ

㊊蓼科が好きといふ母と今年も来ぬ山荘の令法の実となるときに

何でもないようだけど、割合素直な歌だね

㊊縁に差す光に春を感じつつ古きスカート縫ひなほし居り

―部分、詩的表現過ぎる。

（平成一年五月号）

(4)

体調を崩されている土屋先生に代って、吉田先生と清水房雄先生とが歌評をされた。以下平成一年四月二十三日、吉田先生のされた歌評の一部。

㊊電池には八円めしに十五円消費税初日レシートにあり

時期時期の事柄を歌にするのは、一つの方法であり、拒否はしないが、そこに感動がないと。事実だけでは記録にしかならない。

(原)手のしびれ治療怠りゐる夫に秘めゐし体験子の言ひ出でぬ

—部分、よく理解できない。何も事実を全部顕にせよとは言わないし、歌にはわからないことがあってもかまわないが、一応は何かの感動が読者に伝わらなければ。又、入り組み過ぎており、事件をもり込み過ぎると、反ってわからなくなる。

(原)照明灯明るき空来し鴨の腹のしろく光れり闇に入りつつ

—部分うるさい。見たものを必ず表現しなければならないことはない。そう表現した方が歌が高まるか、うるさくなるか考えないと。

(原)冬の日のひかりにかざしさすりゐつ痩せ痩せて静脈浮びしわが手

—部分、事実そうでも、ここまで言わなくて、見ているとだけ言えばよい。

(原)実りなき家庭菜園に摘み採りし菜の花明るき朝の食卓

…部分はよいが、—部分、ここまで言うか考える必要がある。歌からはなるべくくどさをとるべきだ。

(原)死ぬる不安ないのかも知れぬ雨の中ゆく老い衰へてやせたる猫の

—部分ダメだ。それ以外の部分も、一つの見方かも知れないが、その事実によって、作者の考え方や感動が、何となく浮んでくる雰囲気を醸し出さなくてはならない。

㊊今朝の晴れにヨットハーバー描かむと春を待ちゐし夫の出でゆく

素直に歌っていると言えば言えるが、―部分、ここまで入れるか、省いてよいか、考慮の内に入れてもらいたい。

㊊いそがれし品を納めて一時を夕光残る雪山仰ぐ

余計なことを言っていないから、これでいいでしょう。高い歌とは言えないが、歌はここから入って、好手に持っていくことだ。

㊊八つ手の花白々とある庭の隅日の当るしばしを蜂群れてゐる

これもいいでしょう。但し、作者はここから出なければいけない。

㊊手をかけず鉢の岩苔育つなり枯れし様なす幾年か経て

┆部分不味い。―部分だけ歌にすればよい。

㊊指先の痺れ薄らぎセーターのボタン易々と今朝はかけをり

―部分、痺れた手でボタンをかけたと言う方が、歌としては良くなる。

㊊やはらかき春色並ぶショウウインドーマヌカンいとしく指さしのべて

ちょっとやりようによっては、興白くなる歌だが、―部分不味い。もう少し気の効いた表現にすべきだ。作者はもう一度、ショウウインドーへ行って作り直せばよい。茂吉先生は、銀行やそこらの私らが気にもとめない所に、手帳を持ってジーと立っておられた。長く見ていると、一定しない様々な違った様子が目に写り、心にもひびき、その中で一番これと言ったものを、先生は歌にされた。特に、自分が日常親しんだものは、毎日見ているのだから、割合まとまった歌になる。逆に外国詠などは、パッと見て終ってしまっているので、帰って時間を置いてから作った方がよい。

㊟紫木蓮の脹らみし道自転車に相乗りしたる母子がゆきぬ

ちょっとした情景で、これでいいでしょう。

㊟花冷えの朝早くして桜堤咲く下道はいまだ閑けく

—部分、つき過ぎているとは言えますが、これもいいでしょう。

㊟五分咲きのそめいよしのの若木つづく道歩みつつ安らぎて来ぬ

—部分、気持ちはわかるが、ここまで歌わなくてよいのではないか。もう少しこれではない気持ちが出なくてはいけない。

㊟わが友がてのひらに乗せて持ちて来し花韮はふえ十五年経つ

素直と言えば素直だが、—部分、どうしてここまで細かく言うのかな。これは興味と言うもので、そんなところに興味をもっても仕方がない。

㊟窓のとほくに対岸のあかりともり始め机かたづけ帰るをとめら

いいでしょう。欲を言えば、「机かたづけ」は普通で、乙女の違った様子を捉えた方がよい。

㊝遠く来し土佐秋暑く一群の白曼珠沙華野にひそかなり

―部分、ここまで言ってどうかな。使うと歌らしくなるので、ついつい使ってしまうが、常套的になり過ぎないかと言うことも、一応考えなければいけない。

㊝兄逝きて食事を無理に食むといふ嫂の言葉を諾ひてきく

―部分、入れなくて、「聞く」と言うだけで心持ちはわかるのに、これを持ってくるからくどい。聞くだけの方が、反って作者の心持ちが読者に伝わる。

㊝いつの旅も年長者にて行きて見き南ヨーロッパドイツの山河

―部分、いいところを見ている。

㊝病みて迷ふ子の決めし企業の入社式雨上り冴ゆる花かげ行けり

―部分くどい。もう少しすっきりいかないか。よく情景を見ているようで、情景を素通りしているきらいがある。

㊝川越の古き町の日春めきて蔵造りの窓みな開かれをり

素直に詠んで、ある情景を出していることは事実だが、春になって、窓が皆開かれたというのは、普通過ぎる。土屋先生の歌に、「…して北窓開きぬ」という歌があるが、それはもう少し特殊な情景を詠まれている。

㊊母の死を髪を結ひつゝ慰めくれし君の急死を今宵知りたり

——部分、事実はそうでも、どうしてこう言うのかネ。どうしてそういうところに興味を持つのかネ。必要のない事実は省かなくては。

㊊左千夫先生千里らと行きまししはこの道か諏訪橋のたもとイヌノフグリ咲く

左千夫先生や千里を知っている人には、ある感動がいくらか伝わるけれど、知らない人には、何だと言うことになるのではないか。そこに、——部分を持ってくるようでは具合が悪いな。

（平成一年六月号）

(5)

吉田先生は幾度か、「歌会は役にたっているか」と問われた。その上で、「月に一首だから、精一杯作ったのを持ち寄ってもらうといいが」と言われた。以下、平成一年五月二十一日の歌評の一部。

㊊小さき手を火にかざしては父の足あたためき喜びくるるを嬉しく思ひて

——部分、要らないんじゃないか。説明に陥っているのではないか。

㊊君を訪ひ来し越前の町の真昼どき溢るる清水に菜の浮きて居り

——部分、ここまで描写するか疑問だ。┅┅部分をもっと細かく観察し、詠むべき。歌は簡潔にその中心を表わすべきで、その道程は省いた方が歌としては良くなる。
(原)ビルとビルとのあはひの荒き風音に馴るることなく三階に住む
——部分、こう感じたことはいいと思う。---部分は不要で、「風音を聞いて三階に住んでいる」だけの方がすっきりする。あんまり自分の気持ちを細かくすることもねえ。
(原)川一つわたり川岸のレストランひとりの皿の運ばるるを待つ
判りにくい。回想をどこかに滲ませないと。——部分は不要で、「かつて亡き母と食事したところで一人食事している」と表現すべき。
(原)父母の思出ふかき蘭の絵の小皿おとせり老いしわが手は
(改)…小皿おとせり老いたる吾は
(原)車椅子を押されて妻は病院の庭の桜の下に出でてをり
素直に詠んで、奥に、作者の妻に対する気持ちが潜んでいてよい。
(原)おだやかな春の日ざしに外に出でて水仙植ゑ替ふ花咲かぬ水仙
——部分、ここまで言わなくてよい。
(原)木かげにて老いたる人が休み居ぬひかれし犬も共に坐りて
このままでもいいが、——とまで言っていいかは疑問だ。
(原)仕事しつつ見るは青く波立つ海この窓にこころ寄る時多し

これでいいが、—とまで言わず、「あり」でよい。

㊊若き日の涙の跡よ久々に取出して着る紬の袷に

㊎久々に取出して着る紬の袷に若き日の涙の跡あり

㊊の—部分、感傷的なので、㊎と改める。

㊊金のこと税のことなども片付きて住み果てむ狭き家漸くに成る

—部分、ここのことは省くんだよ。そして┆部分、ここを言うべきだ。一般的過ぎる歌だ。

㊊どぜう屋のあるじの逝くと新聞に吾を連れ給ふ垣見氏憶ふ

少しおもしろく、心ひかれるところのある歌だが、—部分の言葉の使い方には無理がある。もう少し…の人のことが出るといいのだが。

㊊亡き夫が健やかにあれば今年吾が教職を退く計画なりき

—部分は、「ならば」か「にあらば」とすべき。これでいいでしょう。

㊊庭木々の若葉かがやく下かげに今年いきほふおぎよう一樹

これだけでは軽い。それに較べると、土屋先生の草木の歌はうまいね。そう見処も変っていないのに、感じ方、見方が違うんだね。

㊊霞草持ちて来りし花好きの友ありてひと日の心潤ふ

—部分、これだけではありきたり。どう打開するのかね。これを打開するのは、先人の歌を読んで、自分で会得する他ない。そう急にということは要らんが、続ければいくらかは上手になる。平常努力したのが何年か後には実るね。

(原)舞はずなりし母の晩年あさゆふに膳運びしは老いしめしひとつか

—部分、きわど過ぎる。母を思う心はこれじゃだめだ。もっと気持ちを出さないと。

(原)「アララギに五首ものったネ」と電話くれし従兄は逝きぬ四月十日に

—部分、どこまで効いているか。記録に過ぎない。これじゃだめ。よく五首も載ったな。

(原)煉瓦いろの壁高く立つゆづる葉の若萌を見て坂くだりゆく

まあいいでしょう。こういう素直なところが出発になった方が良い。まだまだ踏み越えねばならぬ道はあるが。

(原)病む母と夕べ窓越しに仰ぎゐる雲は残り火のごとき色持つ

—部分、ここは良い。┄部分不味い。もっと単純に。この句がないと平凡になると思う心がだめだ。

(原)わが家を建てかへるべくさまざまに思ひまどひて幾日を過ぐ

—部分、文法上「幾日かを過ぐ」となろう。文法を守るから必ず良い歌になるとは思わんが、全体がだめなら、せめて文法位はと思う。文法を無視して良くなる調べの時は無視してもよい。

土屋先生が誰かの歌集の序歌で、「…しみじみと戦いの後歌あり」とされていたのを、「しみじみ戦いの…」と、「と」を取ってくれと言われたことがあった。このように、全体が良くなるのなら、文法を無視してもよい。又、以前歌のうまかった外国人二世の人が、土屋先生に文法をたずねたのに対し、先生は、「…構はず歌へと言ふ」と詠まれたこともあった。要は、感じ方、ものの捉え方が一番大切だ。これがいいという歌は、今日の歌のなかで一つとしてない。文法を無視してもよいくらいの歌を作って欲しい。

(原)髪乱す春の風に向ひつつやうやく探す君の個展会場

―部分、正しくは「探し得し」だが、これを直しても普通過ぎる。

(原)プリンターに打出されしわが年金予想額今少し働らけという数字なり

まあまあの歌で、アララギでは採るだろう。難はあっても、そういうところへ目をむける努力は必要だ。いくらやっても先人には及ばぬが、先人が詠み得なかったものを手がけることも大切だ。

(原)休日の日差あたたかき庭先に餌まきをかむ雀ら待ちて

難はないが平凡。―部分、普段忙しいから入れたのだろうが、感じ方がくどい。注意しないと。

(原)自転車に空気を入るる父の手許幼子は見つめぬ夕光のなか

ちょっとおもしろい風景ですがね。―部分は、「見てゐる」だけでよい。

(原)新郎の生家の庭の門内に咲ける牡丹を切りて賜ひぬ

―部分、「の」の繰り返し、くどいね。

(原)歳どしの牡丹に会ひて楽しかりき今咲き極まり先生病みます

一つの手法だが、過去の回想を詠むかどうかは考えた方がよい。私は、現在の状況描写をする方がいいと思うが。

(原)朝々に歩む道の辺に思ひがけず群がり生ふる東京冬葵

これだけでは一首にならない。土屋先生の冬葵の作品の中から盗むんだよ。

（平成一年七月号）

(6)

平成一年八月五日、六日開催の「アララギ夏期歌会」は、土屋先生静養中で欠席、選者の諸先生方の歌評となった。以下、第一日目のみの歌評で、吉田先生の歌評の一部。

(原)青葉恋ひ来し故里に雨ふりいで蛙の鳴くを聞きて帰れり

―部分、ここまで言っていいか。風流過ぎないかな。

(原)児童等の歌声塀の外に聞く教ふる楽しみ失せしこの頃

―部分、教えなくなったと、単純に言った方がよい。

(原)杜深く乏しき水を樋に引きて長き参道のひとところ湿る

―部分、うるさい。

(原)浜都浦の社静けし間をおきて潮寄せくる音のみ聞ゆ
(改)…音の聞ゆる

(原)雑々と終へむわが生か交りつつ党に拠る思想を持てず過ぎきぬ

―なんて言ふのはね。全体的に少しうるさい。もう少し単純にしてもらいたい。

(原)植ゑし苗の根付き調べに山めぐり節黒仙翁咲くを見つけぬ

(改)杉苗の根付き…咲くにあひたり

(原)訪はざりし十年に胡桃は屋根をしのぎ君の悲しき時に来りぬ

―部分、亡くなったことを言っているのか。少し無理なように思う。もっと端的に言った方がよい。

(原)湾を横切りボーリング櫓並び立つ横断道路の工事間近く

見たままを記録的につづったに過ぎない。作者の感動はどこにあるのか。歌にするにはもう少しどこか変ったところと言うか、ありのままをつづるだけでは歌にならんね。

(原)むらさきの桐の花咲く時来り忘れてをりし亡き妻思ふ

―部分、ここまで言う必要はない。どうして強調するのかな。

(原)長き冬深き氷閉ざされし歌碑を仰ぎぬ胸迫りつつ

(改)…閉ざされし茂吉先生の歌碑を仰ぎぬ
―部分、ここまで言わなくていいんじゃないか。

（平成一年十月号）

（7）

吉田先生は、「歌会の歌はどこへ行っても良くないな。〆切の前日作ってハイと言うことがあるのでないか。歌会で皆をハッとさせることも考えたらどうか。」と言われ、「歌会があるから自ら反省すると言う効能がある。何とかその効能を生かさなきや。」と言われた。又、「我々の若い時の歌会は少人数で、五十人を越えることはめったとなかったが、激論で、後々足しになった。」と言われ、「皆にも評してもらうのは良い。鑑賞眼がわかっていいし、お互いに勉強になる。」「皆、批評はうまいよ。そこまで知っているのだから、自分の作があやまちがないか、反省する必要はあるな。」とも言われた。それでは、平成一年十一月十八日の歌評の一部。

(原)白鳥をかたどるボートひとつ寄れり人ら去り落葉しげし湖岸
―部分、よくものを見て、ある感じが出ている。---部分はくどくなっており、ここまで言っていいか問題だ。三句も「寄る」とした方がいいが、これはこれでいいでしょう。

(原)西空は少しひらきて夕あかね大山の青き影立つが見ゆ

一通りの歌で、難のないと言えば難のない歌の典型だ。問題は、ここからどう切り抜けるか考えなくてはいけない。一歩でも半歩でも抜け出す努力が必要だ。

㊊紅を基調に深く複雑にこの海も山も夕ぐれてゆく

—部分が平凡過ぎると言うので、上句を工夫した苦心はわかるが、—部分目立ち過ぎる。---部分をはぶいて、上句の情景を歌にする。—部分の様な抽象的な語ではなく、光の現実を描写しなくてはいけない。

㊊実の照れる椿従ふごとくありて赤彦先生の歌碑はあたらし

ありきたりで、—部分、作者は得意なのだが、特にありきたりで、常識的で、歌をまずくしている。なるべく擬人的な方法は避ける。歌碑のところに実が照っていて、作者の心が出るのが良い。

㊊地を擦りて車のとまる音ひびき今夜も嘆かふ眠り浅きを

—部分、よくものを見ている。そこを歌にするんだな。その状況をもっと出さなきゃ。下句をつけ足したから目立ち過ぎるのだ。歌は主眼点を大切にして、後はさりげなくしなくては。

㊊右の腕痛むと言へばさすりやるこの先の老互ひに触れず

---部分、作者の感じは出ている。—部分を言うから平俗になる。ここを省かなきゃ。「…で日々暮している」位にすべき。

㊊送り来し新米を磨ぐこの夕べ水少な目に計るも嬉し
日常生活を歌にしたと言えばそれだけだ。—は新米の場合常識だし、結句も大げさ過ぎる。むしろ、新米を送ってくれた人に対する心持ちを表わすべきだ。
㊊産神になびかふ柳も秋の色お会式の太鼓を遠くにききぬ
いいでしょう。これ位の歌ならアララギもとらざるを得ないな。こう言う歌を作るんだね。
㊊アベリヤの垣は白銀に輝きぬビルの狭間を移りゆく陽に
—部分は歌になるところで、そこを中心としてね。これでは平凡至極になる。どうも折角捉えた主眼点をおろそかにし過ぎるね。
㊊直線のコンクリートの岸低く埋立ての島尾花光れり
---部分平凡だね。—部分を主眼点に詠めば割合新しい歌になる。折角の特殊な情景を何とか歌にまとめないと。
㊊後れつつ穂に出づる薄のほの赤くきのふ遊びし少女子を思ふ
このままではすっきりしないが、作者の感じは何かちょっと出ている感じがし、同情する。
㊊筆の乱れとどめし父の七言絶句われに切なし遠きかなしび
—どうかな。「ある」だけでいいんじゃないの。---部分が表面的。この語を省いてその心持ちが出るように歌わないといかん。

㊟草の実も弾けむばかりの刈田の道蝗捕るバイク網ひろげ来る
―部分、「弾ける」とすっきりいくんだね。下句はいいでしょう。
㊟減反の田にはいく畝か葱青く続く棚田は穂を孕みたり
対照的情景を詠んだものだが、目立ち過ぎる。
㊟痛む手を問へば電話に妹のしみじみ古りたる勤を言ひ出づ
㊞…妹はしみじみ年長き勤を言ひ出づ
「しみじみ」がとれれば一番良いが、なかなかとりにくいだろう。更に、文句をつければ、―部分は、文句をつけられる句かも知れない。まあ一通りまとまった歌。
㊟エゴの木を越えて南にしづむ日に机の上に眼鏡光れり
―部分、丁寧過ぎて、くどい。
㊟クレーン幾基か動くなき対岸の造船所見て居れば音ひきて太鼓鳴れり
―部分、歌を浅くしている。┆部分もどうかな。いらない。
㊟秋晴れの幾日か続き道をおほふ槻の木下のやうやく乾く
作者はどこに興味があるのか。普通過ぎる。日が差してもまだぬれているならいいが、犬が東向けばシッポは西向くと同じではね。
㊟無人駅草深き庭に残る池乏しき水に金魚潜めり

―部分の情景を、下句を言わないで描写すること。「金魚潜めり」と言うから平凡。

(原)二十年経て心安らぐことば聞く今宵しみじみとかたはらにゐて

余計なことを言っていないし、割合感じのある歌だと思う。

(原)緬羊を飼ふ小屋あり秋田犬を囲ふ棚あり堤防近くに

自分の感じを表に出さず、現象だけをと言う作者の意図だが、普通の描写に終っている。そうした裏に、作者の感情の何かが出てこないと歌にならない。これでは、事件的興味的に終ってしまう。

(原)わがアパートのをとめ等と淡く過ぎゆくに今日は栗鼠の仔を預る

平常の交渉と―とはおもしろい。「過ぎゆくに」の「に」は気になる。理《ことわり》が出てくるので、それを避けなきゃ。「アパートの日々淡く交っている乙女から栗鼠を預った」というふうにする。

(原)人の姿見ゆれど声なき山の上踏む足もとにりんだう咲けり

―部分、共に要らない。

(原)川べりの穂草の上にかがまりてやまめの歌碑にピントあはせぬ

自分のやったことをそのまま歌にしただけで、どこで写真をとったかの説明だよ。ピントが合ったのか心配させる歌だ。

(原)乳房豊かに子を膝に坐る青き像ありて光さす吾の通ひ路

—部分をここにもってくるのは駄目だね。上句のどこかに、いやむしろ要らないかな。

（平成二年一月号）

（8）

平成二年八月四日、五日開催の「アララギ夏期歌会」は、所用で初日しか出席出来なかったが、「諸君は歌を作るとき、感じを急ごしらえするからだめだと斎藤茂吉先生が書いておられるが、感じをあたためないとだめだ。斎藤先生は、じーと物をごらんになって、感じが自ら起こるのを待って、感じを醸すごとく詠まれた。」とは吉田先生の言。以下、その日の吉田先生の歌評の一部。

㊊連休はつかの間にすぎ子の去りし二人の夕餉に春雷轟く

こう言う歌は普通になってきた。いくらか変化が必要でないか。

㊊花梨樹皮反りはじまり汚るれば庭に折々下りて見に来

—部分、調子が悪い。歌はある程度、調子を考えてもらわないといかんのじゃないか。

㊊任官証勲記母の実家にあづけ征きき父の心を知るすべのなし

歌が優れているとは言わないが、心うちはわかる。

㊊橋低く重なり見ゆる隅田川さざ波立ちて潮のぼりくる

―部分、作者がよくものを見ていると思うな。
㊊北海に春のおとづれ人々は割きたるホッケを軒端につるす
もう少し何か足りないものがあると言えるが、一生懸命景色を見て作っている作歌態度はいい。
㊊白磁の壺に濃き紅の牡丹挿すわが部屋内の今日の雰囲気
―部分概念的。そこまで言ってしまうとね。そう言わないで、上句だけで、その雰囲気が出るように詠まないといけない。難かしいが、そう心がけないといけない。
㊊漫画三国志六十巻を読み終り幼に誇る程の思ひなり
―部分、余計なんだね。作者はそう思っていても、そこまで言わないで、心持ちを表す表現が必要。表現は節約しなくっちゃ。
㊊筒鳥の声に送られ赤埴の雨にゐぐれし道下り来ぬ
―部分良くない。……部分、もっと表現を考えなくては。
㊊菖蒲の花はなれし蝶よ何なのか大いなる池を渡りゆくなり
―部分どうかな。そういうのは要らない。思わせぶりな言葉を使わないで、簡単に。
㊊わが墓地に夫と植ゑたる鞍馬苔跡かたもなしまた植ゑに来む
―部分、具合が悪いんじゃないですかね。それまでのところに作者は感動したのだから。
㊊屈まりて草引きをればまた痛むこの右足もかなしと思ふ

―のような感じ方はくどいんだね。

（平成二年十一月号）

⑼

吉田先生は、「日刊福井」平成四年一月一日の、今は亡き熊谷太三郎氏との対談において、短歌上達法について、「そんなものないよ。」「歌というのは、自分の思ったとおりに詠むのが最後だな。それまでには先人のうちの優れた歌人（例えば子規など）の歌集を何度も何度も読むということが必要だね。それをやらないで自分の思うままを、というのでは上達はしない。」「歌が上達するかしないかというのは末の末だよ。結局一生続けるということが大切なんだろうね。やはり続けなきゃだめだよ。いかなる天才でもつづけなきゃ。」等と触れられている。その先生も、この四月三十日には満九十歳をむかえられたが、今回は、昭和六十三年十二月十日の歌評の未掲載分の一部。

㊊先生の好むはこれかと手に受けて藤むらの羊羹を喜びき疋田の君は
　一応の作。

㊊思ひ出の浴風園に来ぬ北里様先生の色紙の下に臥しゐき
―部分、こう言わないで、「浴風園で…」でよい。一通りの作。

㊡晴れわたる山裾原をゆきゆきて川畔にすがしくやまめの歌碑見つ

—部分、要るか要らんか分らんが、一通りの作。いざ実行となると、先生がお示しになったことは出来ていない。百分の一位は摂取すべき。

㊡時を得ず比企の麻師宇に世をさけし人等の一人に仙覚を加へむ

—部分、回りくどい。「仙覚がゐた」と簡潔に詠むべき。

㊡帰還せし兄逝きし折りの金時計形見となりて時刻みをり

—部分、必要ない。「今残ってゐる」と詠むべき。ショウ的で、類歌がある。

㊡中国へ旅する我がとぼしらの荷物の中に方位計ひとつ

—部分を「乏しき」とかして、難しい言葉は使わない。

㊡荒あらと鬚つら冬日に曝しつつ浮浪者一人道に寝てゐる

—部分不要。—部分不味い。言葉の吟味が必要。嫌味のない歌だが、この種のを斎藤茂吉が作っている。なるべく作者の主観を抑えて作ること。

㊡車にて轢かれたらむかまたしても猫のむくろを道端に見つ

—部分、推測は必要ない。冗漫。—部分、今では普通になった。把握は茂吉に学ばないかんが、茂吉に冗漫な句はない。

㊡旅にゐて平癒見舞ひの記帳する出雲み社秋深みけり

——部分、「お見舞ひ」と敬語を。アララギの天皇の歌は、もう少し深いところを捉えないと、新聞記事みたいだ。

(原)一人減り又一人減りて産神の落葉散り敷く今朝の体操

このままで採れる。あまりいい歌とは言えないが。

(原)朝靄の漂へる田に緊張を漲らせ立つ大鷺一羽

——部分、歌にならない。どうしてこういうことを言うのかね。

(原)独りといふは寂しくまた安しと詠みましし晩年の先生しのばゆ

まあ、一通りの歌でしょう。

(原)父逝きて醸造業を守る母に甘えるなく我ら育ちき

——部分不要。

(原)富む妹にたすけられて学びし良寛ときけば和みぬ出雲崎の町に

一通りの歌だな。——部分のように言わないで、「良寛は学んだ」で切る。

(原)運命の関り思ふ時のあり五黄土星のわれの干支の

一つの感じ方ではあるが、あまり関係ないよ、実際は。運命は避けられない。

(原)受験する子の先行きを話しゐつ妻と夜ふけし部屋の炬燵に

まあまあ、その通りでしょう、親の心は。平凡と言えば平凡だが、そうけなす訳にもいかんでしょう。

(原)陽あたりて温き障子に影映る百日紅の枝ふいに揺れたり

—部分、そこまで細かく言わなくてよい。—部分削除する。

(原)落葉する木々にも序列ある如し公孫樹は先に楓は遅く

—部分不要。余計な断りだよ。—部分だけで歌にする。

(原)老いて帯状疱疹病む友の電話の声は意外に明るし

—部分、病名まで言った方が良いのか、そこまで言わず、病むとだけ言った方が良いのか、考えた方がよい。具体的に言っても、効果は出ていない。一週間か十日位おいて見ると、又違った思いが出てくる。歌は投稿するのが基本じゃない。歌は自分のもので、雑誌のものじゃない。

(原)産みたての卵買ひに来て唐がらし一握り貰ひて帰る

ちょっとした歌だが、もう古くなったな。平凡だ。—部分も、どこまで効いているかな。

(原)吉野安居会の岡先生の手拭を額に仕上げて宝の如くもつ

—部分不要。あらわな言葉で、その心持ちを出すのは駄目。

(原)転勤しし学校を葉書に知らせ来ぬ幾年会はぬ末の弟

嫌味のある歌ではない。挨拶程度の歌。

(原)何せしとなくて過ぎつつ縫ひさししスカート裁ちしままのブラウス

もう少し簡略に表現出来ないか。―部分、どこにかかるか、後に続く感じがはっきりしない。終止形にするか。

㊊亡き人も寄りて愛でしかこの小菊花すでに終へ秋の去りゆく

―部分、ここまでは要らん。類歌が沢山あるよ。

㊊参籠の旅より帰りし君の給ふ吉野葛は手にしなやかなり

―部分要らない。かと言って、「吉野葛」だけではね。

㊊古き地図取り出でて見る神宮のまつらるる丘と泉水路など

―部分だけでは、作者の感じ方はよく出ないなあ。主観をまじえない時は、その主観の背景がどこかにあらわれるように作らなきゃいかん。言葉で表わさなくて作る工夫が必要。

㊊寂しさを伝へるものは木の下の坂を降りくる落葉の流れ

―部分不要。主観は、はぶくべきだ。

㊊ふうの木の紅葉数枚散りてをり美しき葉を一枚ひろふ

普通過ぎるね。

㊊夜に入りし講座終りて帰りきぬ満月が低き家群を照らす

これだけではねえ。もう少し違った情景を持ってこないと。

㊊藪茗荷の玉実をつづる道に出づ嶮しき山を下り来りて

嫌味のない歌とも言えましょう。

（平成四年七月号）

⑽

関森勝夫氏は、『文人たちの句境』（中公新書）で、「異次元や異空間に身を置かねば句が出来ないというのは異常である。見慣れた景では感動が湧かない、日常では句は出来ない、というのは、本当の意味で自己を見つめていないからである。…松本たかしは『只管作句、只管写生』といった。ひたすら作句、ひたすら写生こそ大切というのである。理屈をいっても仕方がない。ものをよく見て作ること以外俳句を確かにする方法はない。石田波郷は『俳句は打座即刻のうた』といったという。また『俳句を作るといふことはとりも直さず、生きるといふことと同じなのである』と説いてもいる。」と書かれている。アララギの教えの猿真似のような件りだが、私達にとっては大切なことだ。今回も吉田先生の、昭和六十三年十二月十日歌評分のうちの未掲載分の一部。

㈷老いもゐる幼きもゐる一家族園にギンナン拾ひてゐたり

このままでいいでしょう。

㈷調ひし夕餉を置きて薬飲む時間まもれる夫を待ちゐる

—部分、ここまで言う必要はない。

㊝やうやくにわづかな違ひの合ひし家計簿夫在りしときはわれつけざりし

—部分、余計である。

㊝黄の土塀長く影ひく禅寺の庭に石工一人刻み居る

これは、これでいいでしょう。

㊝米つくる日の早かるを願ひつつ穂立ちし稗を休み田に刈る

㊇米つくる日の早く来るのを願ひつつ…

㊝父親に離れ育てど処女子の似たる面ざし見れば哀しも

いくら工夫しても駄目。

㊝草茫々官舎の跡地年一度秋の草刈るシルバーセンターの老

㊇草茂る官舎の…

㊝遠く来し砂漠の国に日々過ぎて今日読売歌壇はからずも見る

—部分、ここまで言っていいものかどうか。

㊝君の家の厨の窓の明るきをまなこにとめて門の灯りを消す

—部分、「見て」とか簡略にするんだヨ。

㊝家毎に橋かけてありて人の住む土橋親しと夫の言ふなり

—部分、これでは具合が悪い。情景を歌にしたい。

(原)吹かれたる数多の落ち葉のくだる坂横縞ころぶと見れば猫の子

—部分どうかね。どうしてそのような見方をするのか。

(原)父母の写真に常のごとく声かけて一夜眠りし夜を閉ざしぬ

—部分気になる。

(原)机の島はいづこと眼凝らせども海暗く暮れ漁り火二つ

—部分、下手なんだな。

(原)昨夜の雨晴れて靄だつ林見え冬木となりゆく木々の明るし

—部分、ここまで言うのかな。マアこれでいいでしょう。平凡であるけれど。

(原)球型ガスタンクの芝生に短き影をおくいたく静かな一区画あり

これでいいでしょう。

(原)みごもりしと聞きたる君の常の如く手際よく髪を調へくるる

—部分どうかな。—部分との関連だね。

(原)一人住まひの君が葬り終へ帰り来る雪虫の舞ふ日暮の道を

いいでしょう、これで。

(原)姪われをすでに覚えなき老伯母の送りしりんごうましと食ひ給ひしといふ

(改)…伯母は送りしりりんごうましと言ひ給ひしといふ

(原)塩原より会津に繋ぐ尾頭トンネル長きを抜ければ冴ゆる雪山

—部分、長過ぎるよ。もう少し簡略に表現する工夫を。

(原)きらめきて多摩横山になる街の灯いざなふ寒む夜となりぬ

(改)…多摩横山なる街並の…

(原)百重なし寄る波見れば沖の雲左へ左へ走るがに見ゆ

—部分、作者の見所かも知らんがね。

(原)ひと日ものを言ふなくこもり夕光にビルのはざまに靡く竹むら

いいでしょう。

(原)移り来て夫が植えし庭の楓朝々を楽し秋来し厨に

(改)…植ゑし…

ハイ、いいでしょう。

(原)ゴミ処理に我が通る開放病棟の窓より患者笑みて会釈す

まあまあ、これでいいとしなきゃいかんかな。

(原)秋の土佐路稲の二期作は廃れゐてハウスの中の韮青々し

これでいいでしょう。時勢の移りを感じたのでしょう。

(原)五分程おそく入りこし朝の園勤むる人ら多く歩みゆく

これもいいでしょう。但し、―部分、入れた方が良いのか考えた方がよい。

(原)秋の海の青きうしほにくつろぎて鳶鳴く下を友等と歩む

―部分、ここまでは必要ない。

(原)幹を繕ふ唐崎の松をかへりみる西近江路をなほゆかむとして

いいでしょう。非常に優れたという意味じゃないよ。

(原)ビルの間より今差し込める日影ありほんのひとときの蔦の紅

―部分不要。

(原)ひとしきり若き女《ひと》らに追ひ越され静かに妻に付き添はれゆく

女の、「ひと」との読みは無理。

(原)米国に勤を持ちし妹の四半世紀はたちまち過ぎぬ

普通過ぎる。もう少し妹のことを…

(原)引き潮の波のまにまに海草《うみくさ》の寄りどころなく渚離るる

―部分、具合悪いね。主観が勝ち過ぎている。

(原)傍の夫ぎみも知らぬ命終の君ふくよかに眠ります如

―部分、ここまでは不要。

㊊今日は来ぬ一人の友の上おもふ弱法師《よろほし》の梅の枯れし茶屋跡

㊊隧道を出づれば翳る湯の町ははや点り初む山陰にして

二首とも、これでいいでしょう。

㊊ざるに並べベランダに干す切り干し大根日々にちぢまり嵩のへりゆく

—までは要らない。

㊊コスモスの干涸びし種を手に給ふ生れし町を去りゆく友は

これでいいでしょう。

㊊捨て去らるる庭樹切なしと嘆く妻は根元にそれぞれ酒注ぎやる

—部分、ここまでは要らないかも知れないな。

㊊今年の夏雨多かりしかば左千夫先生墓前の馬酔木蕾さはにつきたり

—部分、説明がすぎる。

（平成四年八月号）

⑾

倉嶋厚氏は『お天気博士の季節へのラブレター』（日本放送出版協会）で、「十の内容を削りに削って三の枠におさめたときにいいものができ、三の内容を三の枠に入れたのでは散漫きわまりなく、ましてこの内容を十の枠にうすめたのでは、見られたものではない」「内容を凝縮する過程で、重要でない事柄は捨てられ、くどい説明は簡明となり、…『シンプル・イズ・ベスト』になる。」「それらの人〈注〉指導的職務にいる人）の話し方の特徴は、ひとつひとつのセンテンスが短いこと、事柄の本質や結論をまずズバリと語り、付帯条件や例外事項は最小限にとどめ…物事の本質は本来、簡明なものである、と私は思う。」等々と書かれている。三十一文字の短歌にも言えることであろう。今回も吉田先生の、昭和六十三年十二月十日歌評分のうちの未掲載の一部。

㊨冬立ちてみづき朱の実光りゐる入陽の色の寒き北風
—部分くどい。

㊨刈込みし庭清やかに静もりてつはぶきの花輝きましぬ

㊨ともし明るく夕餉する窓の下を過ぐ幼子のこゑ若き父のこゑ
二首とも、これでいいでしょう。

㊨ベランダに夜具を掛け干す白き家垣根の山茶花花つけそめぬ
ちょっとこれだけでは平凡。

㊨去年植ゑ替へ葉の白みたる椿「一休」秋日に色増しつぼみ持ちたり
普通過ぎるなあ。全体的にくどいなあ。

㊨岡先生のみ墓に立てば聞えくる学校のプールに挙ぐる子等の声

㊤原先だちてこの墓地につねに来し舅も今は亡し谷は櫨紅葉して
ともに、マアいいでしょう。
㊤原高々と二本の桂樹並び立ち花の香りは寺庭に満つ
もう少し桂樹を写生すべき。全体的に概念的過ぎる。
㊤原石蕗は朝の光に映えて咲く桜もみぢの散りたまる中
マア可もなし、不可もなし。
㊤原一むらの白萩を刈り束ねあげ臥処に夫はもどり来る
事実をそのまま詠んだのでネ。病床の夫の行ないを見ただけに終った感じ。
㊤原白き瓶頭にのせし女三人棉の畠へ語りつつゆく
マアいいでしょう。
㊤原何もなき今朝の雪道ひと筋の狐渡りし小さき足跡
―部分、要らないのではないか。
㊤原何にかく思い出づるや嫁せし子と初めて旅せし信濃路思ふ
―部分不要。
㊤原六十を過ぎても墓の無きわれら遊びのごとく売墓地をめぐる
―部分、作者の感じをもたせたのだろうが、要らないのではないか。それを恐れていても困る

が、要らない。

（原）不器用な箱をつくりて松茸を送りくれし父を旬に思へり

—部分、必要ないんだよ。こだわる必要ない。

（原）薪くべて煮ゆづり葉のいろあはく草木染する森にひと日を

（原）扉近く植ゑれば魔除けになりますよとトベラ賜へり娘の姑は

ともにいいでしょう。

（原）木枯に家々の柿の葉散りつくし赤き実たわわに空に輝く

感じは分るが、これでは普通過ぎる。

（原）ナースの友の電話の声はたんたんとパーキンソン氏病のすすめるを言ふ

—部分、作者の感じがあるのでしょう。

（原）語り合ふことも少くなりたりと夫に梨むく草に坐りて

—部分要らない。「少なくなりたりと草に坐りて」だけでよい。—部分を出さない方が、歌としてよい。

（原）立冬を過ぎしひかりのしづまりて白萩は再びの花をこぼしぬ

平凡は平凡だが、嫌味はないね。

（原）採みやりしさざなみ草に頬寄せて花の香嗅げり目廃ひし嫗

—部分要らない。
(原)小学一年で心臓を病み逝きし児を今も思ふきやしやで可憐なりしも
—部分、言い過ぎなんだね。つけ足しすぎる。これだけではダメ。何かその時の情況を描き出さないと。
(原)己が子を貶しめ言ひし父の言葉思ふときありわが父なれば
—部分不要。
(原)退院の日にはじめて見出でしつはぶきは陽に映えながら三年咲きつぐ
—部分、ここまで言う必要ない。
(原)尋ねたき事柄一つありたるに今朝きく友のにはかなる死を
上、下句つき過ぎているきらいはあるが、ママアいいでしょう。
(原)寒くなる野にえだの紅き桃畑いちめんに差す夕日にあかし
—部分等々、事柄がくどい。もう少し平凡になってもいいから、スッキリしなくては。出来上った時、自分で読み通してみなけりゃ。
(原)吊し置くオレンジジュースをのみに来るヒヨを見てをり硝子戸越しに
これだけでは平凡なんだが。
(原)ひたすらに母を憶へりふるさとの新わらにほふ道歩むとき

いいでしょう。
㊄涙して詠みたる歌も日をおきてみれば唯ごとにすぎぬものばかり
作ったら、まず五日は置かないかん。
㊄合奏にひとり遅れてオカリナ吹く児童はトレモロを楽しむらしも
――部分、よく見ているが、―部分、省けないものかな。
㊄軒先の朝の日に鉢を移しつつ寡黙なる夫が一人もの言ふ
―部分不要。
㊄故里の山見えねども連なめる果てに黒雲湧く故里は雪
―部分と、――部分とがつき過ぎている。
㊄時によりほのかに匂ふ一枝のヒイラギモクセイわが縫ふ窓辺に
マアいいでしょう。
㊄時雨の雨伽羅にみえつつ枯芝を啄むともなく雉鳩歩む
情況としては分かるが…。―部分が悪いかな、不要。
㊄榛原にうぐひす鳴けり見ゆる限り青葉のいろ深き余地峠
マアいいでしょう。
㊄玄関の灯りに寄り来し虫の影動かずなりて冬立ちにけり

―部分、ここまでは要らんかも知れん。
㊟墓あひを埋めつくしし黄の公孫樹の落葉の上に落葉しやまず
―部分はいいと思う。―部分、もう少しスッキリしたいもの。「埋めつくし」などと言わないで、「墓のそばに立っている公孫樹…」くらいに。

（平成四年九月号）

⑿

「ファーブルの昆虫記がなぜ今でも魅力があるか。それはファーブルが素人であったからだ。規定の学問から学んだのでなく、身をもって実際を観察して確かめたからだ。…どうしてもまめに、自分で苦しんでつかんだものでないと本当でない。」「××さんの個展があって見たが、作り事でつまらなかった。考えて作った画は画面にそれだけで余韻がない。わざとらしい。そこで思うことは、写生が如何に大事かということである。」「画はあくまで人間がかくものであると考える。画に縛られてはつまらない。画をかくことが生きることでなければ。」「タッチが呼吸している。それがよい画だ。形が整然としても呼吸していなければだめだと思ってきた。」画家中川一政の、『画にもかけない』（講談社文芸文庫）にある言葉で、参考になる。今回も吉田先生の、昭和六十三年十二月十日、平成一年二月五日歌評分の未掲載の一部。

㊥久々に訪ひしふるさとみ墓への畑中の道舗装されをり
これだけのものと言われれば、これだけのもの。
㊥言に出だし亡き兄に触れぬ古里のちちははを心に四年過ぎたり
これでいい。
㊥枯れし茗荷の藪片付けし夕ぐれに今年はじめて霰たばしる
―部分のように言うことは言うが、語感が古くなっている。言葉も変遷するから…。
㊥冬日さす林のなかは静かにてトリカブト青き実となりてをり
これでいいでしょう。
㊥秋の日反す白壁の辺りと指し給ふ上総勝浦の大火に失せし見晴館は
説明が多過ぎる。もう少し単純化出来ないか。
㊥恋ひ恋ひし古里に今日は帰る母曲りたる背をのばし歩めり
これでいいんじゃないか。
㊥重症患者の病棟勤務となりしより娘は無口となりてゆくなり
㊦…無口となりし
㊦の方が良い。感じは分かる。これでいいんじゃないかね。
㊥言ひまさず山林の名義を分ち置き下されし父の三十三回忌

―部分、言わないで一首にした方が良い。作者の心持ちは上にあるんだから、感動が重なり過ぎ、つき過ぎる。

(原)秋萌えの枸杞の緑葉さやかなり今朝の霜にも萎ゆることなく

―部分、断り過ぎている。わずらわしい。今朝霜が降りているだけでよい。

(原)足の冷えいよいよしるくこの夜も靴下を重ねはきて寝につく

俗っぽ過ぎるよ。普通のことじゃないですかね。稽古する時の歌は、ちょっと天の邪鬼でもよいのではないか。

(原)この道を一緒に歩きたかりきと言ふ夫と葦枯れし川を見てゐつ

―部分、もう少し工夫必要。

(原)吾が問へば嫗はやさしき訛にて石馬寺への道教へくれたり

―部分、作者の感動。ママアの歌。

(原)射撃場のにぶきこだまの聞えきて今日のツアーも半ば終りぬ

淡過ぎるが、どこということも言えない。

(原)西空に未だ残れる望の月雲を纏ひて寒々と在り

―部分、平凡過ぎるよ。これでは表面的過ぎる。月に向っての作者の感動が、もう少しないと。

(原)幼稚園のひけ時にして園児らのにぎやかな声しばしひびかふ

そのままの歌でしょう。もう少しつっ込んだところが欲しい。

（原）味淋干のいわし置きゆきしふるき友の千葉に生れしを今宵知りたり

（改）…友千葉の生れと今宵…

（原）庭の菜を引けばこぼるる今朝のあられ引きし青菜がわが手に匂ふ

このままでいいが、全体的に平凡。

（原）びなんかづら三朝の霜に萎えたるか反りたる葉裏朱の目に立つ

丁寧に見ているが、もう少し簡略に歌えないか。

（原）咲きにほふ盆栽菊の眺めこそ残るわが世の生き甲斐にして

―部分の強調は不要。┄部分、普通過ぎる。

（原）手習ひの稽古始めに老僧は色紙に菓子を添へてくださる

これでいいのではないか。

（原）紅《あけ》の雲たなびきゐたりクールべの「波」は暗しと吾が思ひ居りしに

絵を前にして歌った歌は、沢山あるが、難しい。

（原）ぬぎすてし日々のジーンズころべる画働きて画をかく友の遺作となれり

一応、これでいいのではないか。

（原）「けれども何故さう使ふ」と叱られき雪残る午後の庭を背にして

—部分まで言わなくともよい。

(原)若きより世にしたがはず老いつつも狭き心を吾が捨てかねつ

これでいいのではないか。

(原)雨の日に大正の曲かけて聴く吾にすぎたる奢りと知りても

—部分まで言わない方が、良いのではないか。ちょっと、いき過ぎていると感じる。

(原)古里より移しし鹿の子ゆり幾度も蕾の数言ひて夫の培ふ

—部分、考え過ぎとも言える。但し、「培ふ」だけでは平凡だ。全体的に平凡とも言える。

(原)ホッチキス綴づるを怒る山口大人に嗚呼如何にせむ紙縒の作れぬ我は

—部分、おおげさ過ぎる。

(原)平成は詠にもこころつながれば吾ひらかに生きなむとおもふ

—部分、こりゃ、つき過ぎて、どうかな。

(原)音絶えし生徒の一人思ひつつもらひし器に茶を淹れてをり

感じは分かる。これだけでは普通過ぎる。—部分、気どらない方が良い。

(原)駅の裏に残れる高き一棟になつかしき文字乾繭倉庫

まあいいでしょう。

(原)気性はげしきわが母なりきその母の明治の賞状が出でてきにけり

一応これでいい。

㊊君在まさぬままに集り来りたり平成元年一月の歌会に

感慨はあるが、作者が考えている程、効いているか。

㊊造園士が庭木売るのみに拘りぬ老人ホームを経営してより

解釈（理解）、難しい。

㊊夕空をただに見つめて歩みけり悲しきもとな淡墨の雲

―部分、わずらわしい。

（平成四年十月号）

⒀

「アララギ」昭和五十七年新年号に、「座談会―昭和五十六年其二・其三の作品について」があり、

終《つひ》の夜の別れを思ふ妻はしきりに何か分らぬものを探しゐき（六月号）

天の川しらじらと海に落つるさま老いゆく吾に世はあはれなり

という浅川利美氏の作品について、宮地伸一先生が取り上げられた。それに対し、吉田先生は、

「私は二首ともいい歌だと思ふな。前の歌『別れ』といふのがちょっと私には引っかかるが、『何

か分らぬもの探しゐき』は、うまいんじゃないかな。…それから二番目の歌も、…これはこれで尊重すべき歌ぢゃないかな。」と、ほめられている。又、別途、歌の数に関連し、「活字になればいいというのではやっぱりもう歌を作る根本が間違ってゐるんぢやないかと思ふんですがね。僕は…それでも五首出すのに五首しか作らないといふことはないな。」等とも触れられている。今回も、その吉田先生の平成一年二月五日歌評分の未掲載の一部。

(原)病む嘆き言はずひそかに籠る夫蘭の花芽に今日はかがみて

これでいいと思います。

(原)寒ざむと西空遠く眺むれば欠けては白き冬の朝の月

細か過ぎる。—部分不要。

(原)笹分けて山くだりゆく人のあり冬日反射する小沼の方に

これでいいでしょう。

(原)打ち寄する浪と戯る無邪気なる君の姿を愛らしく見る

—部分要らない。

(原)草刈りて一年使ひし吾が鎌の細く減りしを研ぎて納めぬ

感動は、—部分にあるのだろうが、全体に説明的過ぎ、事柄が目立ち過ぎる。

(原)吾家のあとに火焔樹高く茂り茶色なる実の風になりゐる

ありのままを写して、好感は持てるが…

(原)冬の雨四十日ぶりの冬の雨時にはげしく音たててふる

―部分不要。

(原)耳下腺の癌の転移を肺に見つ六十五年の長きわが友

この場合の、―部分の数字は、そう気にならないな。医者の歌か。事実を事実のままに…

(原)わが町に年長かりし製糸工場のこぼたるる音の一日冴す

これでいいでしょう。

(原)めぐらせる桜の大木の冬枯れしけふのテニスコート人影を見ず

主題を、二つの歌に作ってもよい。

(原)亡き友の家のあたりにビルが建ち灯ともる窓の一つふえたり

―部分、ある感じはあるが、「一つふえたり」はどうかな。

(原)通勤も老の限りと駿河台の男坂上る葛落葉踏みて

―部分、判る様で判らない。無理な使い方じゃないか。

(原)昼ながらクリスマスツリーの明かり点るアテネの街に白き月あり

欠点が別にある訳じゃないが、少し淡い。もう少し、捉えるべきところがありそうだ。

(原)冬の日の下にしづまる島山は藍濃き海に陰をひきたり

おとなしい歌だ。

㊊川魚を秤に売りゐし市の跡かの旅もはるけし十二橋入口

これでいいでしょう。

㊊疑惑追求の提灯デモに僅かなるカンパして寒き月夜の道帰りゆく

これもいいでしょう。

㊊花みづきのもみぢ葉は落ちて店先に吹きだまりをり風やみし朝

これだけでは平凡。

㊊フキタンポポのロゼット蔓延るわが庭に唐松の散る音のかそけし

散るだけだと平凡になるが、―と簡単にすぐ使ってもね。悪いとは言わんが、難しいところだ。この歌の場合、省いて、「散る音がする」でよい。

㊊夕飯に妻が赤飯を炊きくれぬ七十となりしわが誕生日

普通過ぎる。けなす訳にもいかんし、感心する訳にもいかん。

㊊記帳済みお堀の橋に白鶺鴒を見出でて目に追ひ寂しさのなし

―部分まで言わない方がよい。

㊊日帰りの旅にも出づることなかりし母の世はさして遠きにもあらず

感じは判るし、その感じには、心ひかれるところはある。

㊊国ぐにの人の行き交ふ銀座にて明日改元の号外を見る
これだけではどうかな。
㊊観潮楼跡の閉ざされし門の前雉鳩一羽下り歩みゐつ
その時の状況そのものを歌って、平凡と言えば平凡だが、感慨はある。これでいいのではないか。
㊊枯れし蒲風に鳴る布勢のなごりの潟み冬さびしき時に来にけり
いいでしょう。
㊊夫とゆく旅も何時までのことならむ足すこやかに今日は金比羅宮
これもいいでしょう。
㊊この窓より事務のあひ間に見し港それぞれの時のこころ動きに
これもいいと思うな
㊊亡き父に健坊とつねに呼ばれし君も二十三回忌の今日杖つきてこし
通俗と言えば、通俗。
㊊小学二年別れの葉書忘れ得ぬ七十年ぶりの君今日こそ逢はむ
―部分、意気込み方は判るが、言葉になると強調し過ぎ。もう少しサラッとした方がよい。
㊊起き出でて茶を飲み雨の音をきく働きて休みの朝のひととき

ハイ、いいでしょう。

㊊店々のガラスにうつる吾が背《せな》のまがれるを伸ばさむとつとめつつ歩む

よくある歌。

㊊亡き夫の尖る字隅に書きてあるしをりを今日もはさみ読みつぐ

―部分、ここまでいらないのではないか。いいでしょう。

㊊庭の大杉伐りてつくりし四枚の張板は今埃をかぶる

これだけではね。

㊊百人一首のテープを流し札を取る一人子の寂しさを今日は思ひぬ

これでいいでしょう。欲を言えば、―部分あった方がいいのか、とった方がいいのか、考えた方がよい。この場合はそう気にはならないので、とりたてて言う程のことはない。

㊊無人駅に列車とまりぬ老一人冷たき外気をまとひて入り来

―部分不味い。もう少し言い方がある。

㊊冷えに怖ぢ日日を籠りて居る吾に含める梅を言ふ妻の声

―部分、ここまで言わなくてもよいのではないか。平凡と言えば、平凡。

㊊粥炊くときざみし七草の匂ふ中うつつに聞けり崩御のニュースを

―部分不要。

㈷荒れ土にまみれし榿の実を拾ひ母のみ墓を去りがたくをり
いいでしょう。
㈷若き身を国に捧げて四年余を戦ひたりし御代改まる
思いは判るし、同情するが、感じ方が一般的過ぎるな。

（平成四年十一月号）

⒁

平成四年九月二十七日、開成高校での東京アララギ歌会に久方振りに出席し、吉田先生はお元気に歌評をなされた。第一評を参加者がし、適宜第二評者を司会者が指名し、最後を吉田先生又は清水房雄先生の歌評で閉じる形式で、歌数も一人二首の提出となった。一人一首のみ、全てを先生だけが歌評をされた土屋先生時代とはさま変りだが、普通の歌会形式に戻ったとも言え、アララギが新しい時代に動いていることを感じさせた。満九十歳をこの四月にむかえられた吉田先生には、益々お元気にご指導いただきたいものだが、今回は、その先生の歌評の一部を取り上げることとする。

㈷岩檜葉《いわひば》は湿れる井戸のそばに生え顔を写せる水に親しむ
顔は自分の顔だろうが、顔を写せる水とはどうか。湿れる井戸の傍らに、岩檜葉が咲いている状況を、もう少し丹念に写生すべきだ。
（原）トンネルを出でて見上げる夏の山まぶしきまでに日の差す青葉
（原）雨のなか草ただ青く行く径に野蒜の白き花の目にたつ
二首目、草が青くて、花の白いのが目につくというのは、対照的過ぎるんだね。一首目を採るが、—部分、「見上ぐる」と改めた方が良い。
（原）土にあそぶも知らず読書も怠りて無為の徒となり日を重ねゆく
上句の状況が無為の徒と言うことだから、—部分は要らない。余計なことをはぶかなきゃ。無くたって作者の生活は分かるんだから。
（原）茂り枝にミモザの秋を総なして花芽豊けきに足をとどめぬ
—部分、気が効いているようで、表現がきわど過ぎるんだね。
（原）夜半の庭に声を押さへてわが呼ぶに猫もひそやかに鳴きて答ふる
—部分の辺が、うるさいんだな。
（原）総持寺に近き団地に子は吾に探しくるるらし一人住む家
（改）…一人住む家を
（原）夜更け吹きし野分けに起されて目覚めをれば鈴の音して猫通りたり
—部分までは要らない。

(原)さるすべりの花咲く木蔭抱きたるみどり子はやはらかに微笑みてゐつ

(原)夕潮はゆるく流れてタグボート数隻ベイブリッヂの下を行き来す

二首目、情景は新しいかも知れないが、そっけない歌に終っている。―部分、要るか要らないか分らないが、一首目を採る。

(原)萩の原名のみの秋に咲きいでて萎えしを見つつ坂のぼり来ぬ

―部分不味いな。

(原)団子虫とこの虫を呼ぶ幼らは草鞋といふ名も形も知らず

―部分、このごろの幼は知らないだろうね。それだけの歌だ。

(原)日にましに育ちて下る通草の実畑に行き来すわが頭打つ

(原)ヘチマ水作ると今朝はみづみづしき茎の切り口瓶に差し込む

二首目を採るが、―部分要らない。一首目の初句も、「日ましに」だ。

(原)山裾のぶどうの葉むらボルドー液乾きてそよぐ夕日に映えて

―部分、丹念に見ていて良い。

(原)バレーボールの試合のチャンネル書きとめし亡き母のメモ日付けのなくて

―部分不要。そこまで言わなくても、メモがあっただけでよい。

(原)入道雲真白にかがやく今朝の空自転車漕ぐ耳に潮風の鳴る

——部分、私だけかも知れぬが、自転車をコグと言うのが気になっている。
㊥白壁に夕日明るく当りゐて日暮れの遅きインタラーケン静けし
——部分要らない。
㊥塔のうへ飛行機雲のたちをりて秋づく空に白くのびゆく
㊥轟きて頭上を過ぐる航空機の騒音やむを待ちて講義す
——部分、普通のことじゃないか。——部分も、平凡と言えば平凡だが、前の歌の方がいくらかいいんじゃないかな。
㊥癒ゆるとは思へど入院せし子を覆ひ暑き日夫は酒を絶ちたり
——部分、わざわざ入れる必要はない。全てが事実だから、そこへ入れなきゃいかんということはないんだな。
㊥目をとぢて話すことなき母とゐて寂しきことを言ひ出すなり
何か感じは出ている。
㊥尾根みちに石に攀ぢ這ふわれがさま尻押す妻がひとりこそ知れ
——部分、要らないんだよね。
㊥丘の蔭及びて稲田夕べ涼し娘と稗を抜く恙なくして
㊥耐へ難き今日の暑さと稲刈りゐき三十七度とふ夜のテレビは

―部分、つけ足しの文句だな。どうしてこういうことを言うのかね。上句だけでいいんでね。歌は説明というのはなるべく省くんだね。---部分も、要るか要らんか、ここまで言う必要もないんじゃないか。

(原)ビルの間に槐はすでに緑淡き莢実となりぬこの幾日かに

これでは平凡だよ。

(平成四年十二月号)

(15)

高崎隆治著『戦時下俳句の証言』(新日本新書)の「まえがき」に、「俳句が文学であるためには、なによりも作者の人生態度や人間観、自然観に、真実を見きわめようとする意志が存在しなければならないはずである。」と記されている。「たたかひは蠅と屍をのこしすすむ」「民萎《な》えて飯をかむにも土を見つめ」「蜜柑むきて皆戦ひのこと言はず」「北風荒ぶ軍港暗く窓にあり」「海戦にひろひしいのち日向ぼこ」「売り切れに散る行列へみぞれ来ぬ」「疎開する心きまらず置炬燵」「猛火のがれここに春灯の一家族」等、幾首かとりあげられている句から抜いてみたが、生活が写されている句、現実を凝視した句には心ひかれて止まない。平成四年十月十八日の歌会にも出席出来、風邪気味か少し咳込まれていたが、お元気な吉田先生の歌評を聞くことが出来た。

その一部から。

(原)長き髪を日々リボン替へて結びたり老といふこと解らぬ若かりし時に

(原)幸に思はむながき時経て歌作るよろこびのよみがへり来しを

一首目、―部分要らないんだね。当然なので、歌にもり込む必要はない。二首目、結論を先(初句)に出すのは考える必要があるね。…と言うんだから、初句を言う必要はないんだね。長い間中止していた歌を又作る喜びになった、それだけでよいんだ。くどいんだね。

(原)亡き父と採りにし落葉茸里より届きそばに父座す思ひに食ぶ

―部分、要らないんだよ。上句だけで、作者の感じがもう出ているのでね。

(原)昨夜のは木枯らしならむか今朝の庭落葉散りぼひ鉢物は倒る

―部分だけでいいんでね。一、二句は言わなくていいんじゃないかね。どうも、わかり切ったことを付け加えて、三十一文字にする傾向が多いね。三十一文字にはなかなかならない情景を、不要と思われるところをどんどん削って、三十一文字にすべきで、付け足して三十一文字にするのは間違いだよ。

(原)親しみし身近の自然いつの間にか記憶の中よりうすれつつあり

―部分なんてのがね、漠然と言わずに、何かをあげるべきだな。

(原)足止めて暫し休らふデパートの椅子には吾より外に人なし

デパートの椅子に暫し休憩するというのは、ある感じは出ているが、一部分とは言わずに一首にしたい歌だな。

(原)夕映のあかねの色もうすらぎてすすきの穂波湖畔に続く

(原)うすきこきコスモス咲ける丘の上より妙高に向かう澄みし気の中

一首目、これでは平凡だな。二首目、「向かう」は「向ふ」だろう。「気」は空気だろうが、少し無理だろう。嫌味のない歌だと言えるが、両方とも普通過ぎることは否めないね。どうしても採るなら二首目だがね。

(原)学歴害といふを造語し相かたるこの銀行員が東大出とは

一部分ということではなく、上句だけを歌にすべきなんだね。

(原)莟と芯喰ひつくされしホトトギスあきらめ居ればあまた芽吹けり

(原)暑さ避け木下に置きし紅紫檀枝すこし枯れ実数減りたり

一首目、一部分要らないんだね。やめて、その感じを出さなきゃいかんのだ。二首目、細か過ぎる。両方とも平凡。歌は、事実なら何を詠んでもかまわないということはないね。皆さんの今頃の歌会の歌の気風はそうだが、そうはいかんよ。空想より事実の方がいいということは言えるかわからんが、事実であれば何でも歌になるということにはいかん。

(原)黄にひかり青く輝き雨しづく地上落下の一瞬のあひだ

—部分、きわどいな。
㊞可も不可もなからんと自らを言ひけるは要するに己を諾《うべな》ふことか
自分を反省した歌だろうが、技巧的なところが多過ぎる。
㊞瓶《びん》に挿す紫蘇の葉群にひそめるか鉦叩きが啼く昼の厨に
—部分、疑問的句法にしないで、ひそんで…と、単純にした方がよい。
㊞道に背を向けて小さき社ありわが街に残る鎌倉の古道
㊞…鎌倉への古道
㊞九月二十日終りと思ひゐし朝顔の紫ふたつ並び咲きいづ
㊞檜扇のふくらむ莢実乾びつつ暑きひかりにたつ風のあり
二首目、物を見ているようだけれど、何だかゴタゴタしているな。単純過ぎ、普通過ぎると非難されましょうがね、二首較べれば、一首目の方がすっきりしているな。
㊞病む君を遠く思ひしに今はむくろ狭き柩にしづまりまして
㊞この人のありて一年楽しかりし食ひて遊びて気風《きつぷ》よかりき
—部分も、---部分も取らにゃきゃだめだね。「食ひて遊びて」であれば、「気風よかりき」はわかる。両方とも、そう言う欠点があるな。
㊞庭の石を掩ひて咲ける風露草夕日照らして小花めだちぬ

―部分不要。

(原)沼の辺にいたちの糞を拾ひたる友は茶こしに洗ひ見るといふ
意味はわかるが、歌になるかね。

(原)朝顔の咲けば思ひぬ亡き夫の衿に手拭かけしポーズを
―部分、それだけではね。

（平成五年一月号）

(16)

『余白を語るⅢ』（朝日新聞社）で、樋口広太郎氏は、「景色をみていて電柱が目についてしかたがない。東山さんは、『目から電柱を消す練習をしてみては』といわれた。努力しました。八ヵ月がんばったら、ふっと消えた。…現実逃避ではない。現実はとらえながら目を解放しているんだ。」と言い、中村伸郎氏は、「演技はしない方がいいってことがわかった。暑い寒いと頭の中で思っても、からだで表現しない方がいい。なにもしない方がいい。無駄を切りすてた芝居が一番好きになった。日本語でも音楽でも美術でも、過剰になりすぎて通じにくい。省略の美が大切だ。」と言っている。絵画と芝居の世界での話だが、余分なものを削りとる、短歌創作の世界に通じるものがあるように思う。今回は、吉田先生の平成一年二月五日歌評分のうち未掲載の一部。

㊜夕映にさざ波かがよふ船着場より島に通ふ船待つ
㊜伊吹おろし寒き夕べと告げて来ぬ長久手町に住みそめし子の
㊜家庭菜園まだらに雪の残りをり今日来る友にかぶら菜をひく
以上三首、いいでしょう。
㊜弟を思へば切なししみじみと汝の遺稿集をとりなでてゐつ
ハイ。
㊜母の亡きわれの二十歳と重ねつつ成人する子の振袖を縫ふ
—部分、「…を思ひつつ」位の方がよい。
㊜二時間はまたたくうちに過ぎにけり受診待つ間はアララギ読みて
こういうことは、あることはある。
㊜子ら帰りふたりとなりし夕べの厨ふつふつ煮たる大根にほふ
よくあるネ。いくらあっても構わんし、難を言う程の歌ではない。誰かが作っていたと考えたら、歌は作れないから。
㊜会染村の苗を培ひ飴色になりて香にたつカリン酒を汲む
これだけのものでないかな。普通にしか感じないな。
㊜大岡昇平逝きまして二十日たちしかな吾がうちに野火ちらちらと燃ゆ

―部分、大岡昇平に、『野火』と言う小説があることから詠んだとしたら、考え、工夫し過ぎている。

(原)この海に幾万年を生き続け珊瑚の色はけふも新し

これだけの歌じゃないかな。

(原)半旗かかぐるビルの街中しづもりて傘うつ雨の胸にしみくる

―部分、そこまで言わなくともよい。

(原)子を連れて里に戻るわれを待ちくれきこの十字路に母の幻

いいでしょう。

(原)気がつけばいたく両肩に力入れて陛下追懐のテレビみて居り

―部分、作者が捉えたところとも言えますけれど、捉えどころが難しい。もっと、別の表現の方法がなかったかな。

(原)ベランダのガラスに鶫の当りたりアイロン掛けつつわれは驚く

―部分、これだけではネ。

(原)湖にごる海にかたむく松原の松に寄りつつ人をかなしぶ

いいでしょう。

(原)含みゐる笑まひにほへりフェルメールの描ける「少女」仄かなれども

—部分どうかな。要らないのではないか。

㊊一夜すぎふた夜すぎしが今日わたる冴えし三日月むだく月魄《つきたま》

—部分、古語にある。古語を使っちゃいけないとは言わないが、古風過ぎるネ。

㊊池の辺の電灯ともる朝まだき岸辺によりて小鴨眠れり

ハイ。

㊊島山の海になだるる笹枯れて騒ぐ夕べを白波の立つ

いいでしょう。

㊊緑赤つらなる槙の実をさがす幼な児と遊ぶしばし生垣に

—部分、判りますが、要らないのではないか。

㊊人波の御社に仰ぐ茜雲青銅の屋根の上に動きぬ

—部分どうかね。もう少し言いようがあるのではないかね。

㊊対岸のゴルフ場も冬の色となり今日は日すがら富士の見え居り

珍しい光景でしょうが、平凡。

㊊誕生日に届けてくれし桜草ありてマンションに始めての年を越したり

ハイ、いいでしょう。

㊊野々宮を囲ふ真竹の既往かなしくわれは老ふまで時経ちて来ぬ

―部分、言葉どうかな。――部分の「老ふ」は、「老ゆる」。くどい、もう少しスッキリ歌えないか。

(原)馬車を引く蹄の音高き大通り夕べ市場《バザール》へ吾らは向ふ

これだけではネ。

(原)盛装の人らにまじり跪くエプロン外し聖夜ミサに来ぬ

―部分、ここまで言わなくてもいいのではないか。

(原)自らの生のあかしなどなきされどひと世の幕切れ思ふ曇ふかき日に

―部分、どうかネ。「ひと世の終り」でいいのでは…

(原)伊吹山遠くかすみてみゆる刈田鳥のむれより籾拾ひ食ふ

マーいいでしょう。

(原)樹木保存地の札外されし木下道少くなりし落葉踏みゆく

―部分、いいと思いますがネ。――部分が不味いネ。

(原)会終り戻る落葉の匂ふ杜いくたびか連れ立ちし友も亡きかも

ハイ、いいでしょう。

(原)幼友唄ふ第九を聞きにゆく子を送る庭に三椏蕾める

全てを言い尽くしている感がある。平凡と言えば、平凡。

㊊わが生きし六十四年の過ぎ来しをテレビは流す昭和終る一日
判るけど、これだけでは具合が悪い。
㊊葦に囲ふ畑にキャベツ固く巻く親鸞上陸の跡と伝へて
ハイ、いいでしょう。
㊊しろたへの明き障子に影うつし木々の葉動く風立てるらし
平凡だね。
㊊ややのびし日ざしと思ふ白木蓮の花のつぼみも動きはじめつ
―部分、もっといい言葉があるのじゃないですか。
㊊見たいもの食べたいものも別にないと言ひゐし母に思ひ似て来ぬ
いいでしょう。
㊊六階のビルに年末の掃除終へ清しき教室に夕光の差しくる
―部分、強いて言えば、要らないとも言える。

（平成五年二月号）

⒄

平成四年十二月六日は土屋文明忌歌会。今年は早くも三回忌で、小市巳世司先生より、全歌集の進捗状況の紹介と、その歌数が一二、三四五首であることが披露された。清水房雄先生より、「土屋先生とは入会前の学校の歌会でが初めてで、『平凡だね』の一言だけであった。」「先生の邪魔をしないよう、私は出来るだけ近づかないように努めた。」「先生は歌会がお好きなのだと思っていたが、小市先生に聞くと、歌会の時にトイレに立たないよう、前日から湯茶を飲まれなかったんだそうで、翌日は尿がにごり、薬をもらってということもある位、危険をおかしておられたとのこと。それだけ先生は歌会を大事にしておられたのだ。」等々の話があった。吉田先生からは、「先生の作品を追憶し、学び得まいとは思いますが、一歩でも半歩でも先生の作品に近づくよう努力して参りたい。」とご挨拶があったが、以下、その吉田先生の歌評の一部。

(原)石段に昨夜の雨のたまれるも赤き桜葉椎の実も又

「も」の捉え方がよくわからない。―部分が、たまる雨に混じっている意図だろうが、あいまいだ。

(原)鰻坂下り先生の宿りし家水車跡の岸べの澄めるせせらぎ

―部分、「宿りましし家」と、私は敬語を使いたいが、考えが古いかな。我々の年代は使いたい気分が残っている。

(原)折鶴蘭の鉢部屋の中に取りこみて雨戸をしめぬ寒くなりたり

もうありふれた歌になってきたな。実際はこうなんだが、―部分まで要らんのかも知れん。

だな。

㊐終りなき時にと詠み給う散り来る槻に涙のごはむ

㈫…詠み給ふ散り来る…

　——部分、少し強調し過ぎている。作者の気持ちはわかるんだから、それが実際でも、はぶくん

㊐傘を杖に歌会場の人ごみをわけて来ませり文明先生（福岡歌会）

なつかしいお姿で、同感出来る歌ですね。

㊐ハイカラ歌だと笑ひ給へるまなざしの暖かかりしを今に忘れず

——部分、省いていいんじゃないかな。上句で読者にわかるからね。ついこういう主観句が出やすいのは事実だが、考えなおしてみる必要はあるんだね。

㊐その二十五年後より歌を作り東京歌会にひたすら学びきこれだけでは、よく事情がわからない。連作で前の歌、「発売を待ちて万葉集年表を買ひしが著者の歌は知らざりき」がないと、歌の独立性がない。

㊐名を知らぬすこし朱き地にはう草ネコジャラシなどもけんめいに抜く

㈫…地にはふ草…

　——部分だけではネ。

㊐冬靄のこむる公園すぎて来つ鳩に餌まく老一人ゐて

鳩に餌をまく老人の姿は、割合心ひくものだね。

㊟いかにかあらむ千年ののちはと詠みましき千年を超えめ先生のみ歌

誰も信ずるけれど、ここまで言うと、概念的になるんだね。なかなかこういう歌は難かしいね。

㊟保渡田より仰ぎし榛名ひゅうひゅうひゅうと木枯しの吹く頃かと思ふ

—部分、不味いな。

㊟声あげて幼はよろこぶ多摩川の水面にあまた鳥下りくれば

幼いけれども、素直な歌で、まあまあでしょう。

㊟道端に小さき群なすすみれの花他人《ひと》踏まず通らばやと思ひつつ過ぐ

—部分、常套過ぎるんだな。

㊟足もとに一きわみどりあざやけきフユノハナワラビに吾はかがみぬ

—部分だけではね。

㊟除草剤まけば一速やく消えてゆきしタンポポの実生二年目に見る

「一速やく」は、「いちはやく」とひらかなで書くんだな。

㊟手術后もよくは見えぬと言ふ妻を慰めがたく我が思ふなり

—部分、これだけではね。作者の気持ち、もう少し深入りしないと。

㊟芝浦埠頭の道往き返りオリーブの青き実が黒くなることを知る

―部分だけでは歌にならんね。

(原)祖母吾の誕生日には花の種プレゼントするといふ六才の祐史《ユウシ》

平凡だけれど。―部分、固有名詞を使ったから、歌が下手になったとまでは言わないが、歌では、固有名詞の存在如何ということかね。難しいね。

(原)開成高校の廊下にて会釈しくだされき土屋先生さいごの歌会

最後の歌会だから、もう少しありそうなものだが。

(原)掘りたての筍ほしいが手間思ひ買はずと言ひき土屋先生

(改)…買はずと言ひましき土屋先生

敬語を使いたい。

(原)文化勲章受章の先生に対ひゐてことば少なかりき卓上に何か置かれて

―部分、作者か先生かどちらかね。

(原)吉野葛手にとれば吉野の山の歌会さかんなりし土屋先生の御姿うかぶ

―部分だけではね。

(原)雨に散る桜の紅葉たえまなし石蕗咲きて冬に入りゆく

嫌味もない、素直と言えば素直な歌だが。

(原)故郷の後閑川辺の猫柳亡夫は恋ひぬそこに十一までは幸なりしと

（原）吹かれつつ散らぬ枯葉を見るしばしあとさきあるや我はおくれじ
—部分、要らないんだな。—部分も、ここまでは言わなくていい。両方とも、上句の方だけを何とかまとめないと。そう言う欠点があるね。そこを直さなければ採れない。
（原）湯気のたつ川のほとりの古りし家若き土屋先生住まひししと
（改）…先生住まひまししと言ふ
（原）色づくを愛でし先生亡くこの園の烏山椒は切り倒されぬ
（改）…愛でましし先生…
（原）怠りし八年の後の歌会にてわが名呼びましき永遠に思はむ
—部分が要らない。
（原）ちぎれ雲飛び行くさまは早くして以前変らぬプラタナスの古木《こぼく》
（改）…以前と変らぬ…
（原）事ありて群馬県の地図けふは買ふ榛名保渡田は訪ひたき地名
—部分、これだけではね。

（平成五年三月号）

⒅

大山康晴は、『勝負のこころ』（ＰＨＰ文庫）で、「芸の道というのは、自己満足し、安心したときに、その人の進歩は止ってしまう。」「『読む』というのは、逆にそうして頭に浮かんだ数多くの手を整理することである。『読む』とは、プロの場合は、切り捨てることである。…だから、強くなるコツは頭に浮かんだ手をいかにうまく整理して切り捨てるかということになる。無駄なものを切り捨て大事なものを残す。その残し方が大切である。犯罪の捜査などを見ていても、初めから無用のものはパッと切り捨てて的をしぼっていく。そのしぼり方が的確に決まるときは勝ちとなる。調子が崩れていると、よいものを捨てて悪いものを残すから、理屈からいって、いい手が指せるはずはない。」と書いている。短歌にも同じことが言えそうだ。今回は、吉田先生の平成一年二月五日歌評分の未掲載のうちの一部。

(原)大山詣でて見さくるめぐりのどの山もおぼろに寂し雪もよふ日は

いいでしょう。

(原)片膚に夕日差したるモチの枝に今日も来てをりカケスが一羽

―部分どうかね。ここを何とか直したいね。

(原)トンネルを耳廃いて故里へ越ゆる思ひも年々に淡くなりたり

―部分、要るか要らないか、作者、考えてもよい。

(原)外国へ留学成るとわが前に暇乞ふ孫をとめさぶ見ゆ

㈪…をとめさびて見ゆ

㈫六十歳目前となりて今も主力淘汰されゆく農に残りて

―部分、何とかならんかな。

㈫母と来て靴あつらへしこの店の想ひはのこる皮の匂ひも

―部分、ここまで言わなくてもよい。

㈫目覚むれば剣《つるぎ》の上に寝し我が扉を押せば星は冴えたり

平凡じゃないですか。

㈫庭に撒かむ米糠買ひぬ去年の梅柿よくみのり人に分けたり

それだけのもの。

㈫北極海の水平線上に見し流氷薄明の岸を覆ひつくしぬ

大きい景色を詠んだ感じですが、―部分どうかな。

㈫みどりご置き勤めにいづる汝と来し海辺にあふれ野水仙咲く

―部分、実叙だが、海辺にある日遊んだというのでどうか。或いは、「野水仙咲く海辺に」か。

㈫花の鉢に覆ひをかけて寝んとす昭和のみ世の終る今宵を

思いは分かるが、上、下句のとり合わせが平凡。

㈫とり込みし布団よりソロの実がこぼれ宿かるころの夫を思ひぬ

—部分、「旅多き」等とすべき。

(原)年始にとこしはらからに子が釣りし沙魚の干物も持たせ帰しぬ

難はないが、平凡。

(原)瓢湖の湖を埋めつくしたる鴨の群近づく鷲に右往左往す

—部分、もう少し考えて作ってもらいたい。

(原)子と孫をつれて歩けりこの山の杉の成長の話きかせて

いいでしょう。

(原)一心に柳刃を研ぐ仕上砥に埴色をせる泥が美し

—部分要らない。それを省いて、—部分を主眼点にする方が良い。

(原)「皇帝《カイザー》は元気か」と問ふタクシーの運転手ありきドイツ夏の日

(改)…ドイツの夏の日

(原)古き桶置きたる土間に降り立ちて糀味噌すこし量りくれたり

これだけではなー。

(原)鯉挙げる鼬昨夜も出で来れば池の泥出す身体濡らして

—部分不要。

(原)冬青きタブは繁りて池の辺に亡き君と見しイイギリ一木《ひと》

ハイ。
㊗十日月冴えて冷たし剪定の終りし庭の夜半の静寂は
―部分どうかね。「静けさ」でいいんじゃないか。
㊗咲き初めてまだ日も浅き冬ぼたん陽に透く白き花びら薄し
―部分、ここまで要らない。白い花びらが陽に透くでよい。
㊗年古りし参道の欅冬枯れてほやの緑のおぼおぼと見ゆ
これでいいでしょう。
㊗病む妻を心に憂ふる日のつづき今宵も早く雨戸閉せり
―部分に、作者のある感じが出ていて、いいのではないですか。
㊗逝きまして十年ひと度もわが夢にたつなき父をわれは悲しむ
いいでしょう、これで。
㊗物産展の賑はひの中藍染の匂へる友の店に寄りたり
このままの歌。まあ、一応心持ちが出ていると言えるでしょう。
㊗秋田県ご巡幸の天皇拝さむと九キロの道子を歩ませき
―部分、限定して表わした方がいいのか、長い道と数字を入れない方がよいのか、作者として考えて欲しい。子規の、「鶏頭の十四五本のありぬべし」は、数字を入れないと味わえないが。

㊊忽ちに手術ときまり運ばるる母に添ひゆく足もつれつつ
―部分どうかと思う。その時の作者の心の状態を、もう少し工夫して詠むべきであろう。これ
では表われていないのではないか。
㊊平成に入る世に雨ふり初仕事のトラック動かず曳かれゆくなり
―部分と、仕事との関連の感じは出ていない。---部分の表わし方もどうかな。平凡過ぎる。傍
観の歌なら、こりゃ…。
㊊折りしまま今日もジャンボビラ配れずにひと日終りぬ悔いを残して
―部分不要。余計なこと。
㊊歯の治療予防注射に家いでて身を守ること多く日の過ぐ
―部分、要らないんじゃないか。
㊊樹下なる日向に猫のいこい居り触るなよ側に福寿草の萌芽
―部分、こう言うのもね。猫に言ったたって分かりませんよ。余計なことだ。
㊊鶫は今朝も来たりてふくらみし蠟梅の蕾を啄みてゆく
表現過剰なところはなく、単純に詠んでいるところはとりえだが、平凡と言えば平凡な歌。
㊊代筆の賀状なれども老いし師のたまへる見れば心安けし
これでいいでしょう。

（平成五年六月号）

⒆

「ひた赤し落ちて行く日はひた赤し代掻《しろかき》馬は首ふりすすむ」「ぐんぐんと田打をしたれ顳顬《こめかみ》は非常に早く動きけるかも」、斎藤茂吉の弟子の、山形の農民詩人、結城哀草果は歌集『山麓』でこう歌った。いまは馬によって代掻をすることもなくなり、田園風景もすっかり変っている。」とは佐高信著『現代を読む―一〇〇冊のノンフィクション』（岩波新書）に書かれている件りだが、他にも、「闘いで傷ついた青春のうた『無援の抒情』道浦母都子著」と題し、上記歌集を挙げて書かれている。本のテーマからして、現代の現実を捉えたものと言えようが、その中に短歌がとりあげられていることも興味深い。結城氏はアララギの先人だし、道浦氏は僕らと同世代の全共闘世代の歌人だ。今回も、吉田先生の平成一年二月五日、三月二十六日歌評分の未掲載のうちの一部。

(原)昨年のままのカレンダー今朝妻が取換へてゐるを病みて見てゐる

心持ちが出ていなければ、事実のままで具合が悪い。

(原)声かけくるる母も亡ければ山の家蠟梅の香のほのかにて去る

(改)…亡ければ蠟梅の香のほのかなる山の家を去る

㈷味噌汁を作り習ひてはづみたる声上げ我を又呼ぶ孫は

一応出来た歌。—部分の要否は考慮すべきところ。

㈷左手の痺れ指先に及べるをさみしみ朝の葱きざみをり

普通と言えば普通だが、これでいいのではないか。

㈷痛矢串十二の矢じりを負ひゐしとかめ棺墓群のあはれ一体

—部分判りにくい。新聞記事からとったものか、現実的に作者が見ているのとは濃淡はあるな。

㈷けさの日に照る杉の秀の積める雪吹かれて道にここだく散り来

—部分まで言わなくてよい。┆部分不要。そこらがごたごたする原因かも知れん。

㈷穏やかな年輪刻む横顔の絵にひたむきに生きし目すがし

—部分、ここまではどうか。要らないのではないか。「趣きがある」でよい。

㈷花粉予報聞きたる朝嚔いづ年々にして過ぎて来りぬ

つき過ぎている点が欠点。

㈷暖冬に二月も過ぎて山茱萸の黄に咲き出づる庭の明るし

—部分だけではネェ。材料の問題で、誰が作ってもこんなものかな。

㈷公園の裸木くろぐろと朝明けに向きて出でゆく汝を見送る

逆行線の感じは出ていない。—部分、位置がこれではだめかも知れん。句法としてもう少しすつきりいかないと。

（原）職退きし夫が皿洗ふと友はいふかかる日もなく早く亡き夫

一応、作者の心情は分かりますがネ…。

（原）ミサの鐘鳴り響きたり灯火《ともし》明かき修道院の前過ぐるとき

普通過ぎる。

（原）常の年は見えざりし滝の音を聞く積雪少なき山の谷合ひ

これだけでは具合が悪いのではないですかね。

（原）沈丁花匂へる道を帰り来ぬ確定申告も無事に終りて

難はないけれど、これだけの歌と言うことになるのではないか。

（原）きさらぎの過ぎて幾日かあかつきの雨しづけしと目覚めてをりぬ

ハイ、いいでしょう。

（原）片よりに寄せ来ては去る波のそのしばらくの間を吾は待つ

―と言うのもねえ。結句、普通過ぎる。

（原）祖父の遺影に手を合せつつ何を告ぐる汝かも遠く旅立たむとして

―部分不要。素直な歌だね。

（原）オリオンの星座冴えスバルの星叢を仰ぐしばれる門の辺に佇ちて

平凡。

（原）邦人の友ひとりなくロワールの河はあふれて流れてゐたり

ロワール河の様子を、もう少し克明に描写するんだな。

（原）じゃのひげのまるきしげりに三月の疾き風吹きて碧き実の見ゆ

可もなく、不可もないっちゅう歌かな。

（原）枯蓮の向うに見ゆる弁天堂の緑青ふきし屋根おぼろなり

これでいいでしょう。

（原）病室の畳の上にシートひろげ介護人は母の湯ぶね置きたり

情景を、ただ写して描いたというに過ぎない。これだけでは普通。

（原）検査数値僅か良くなれるが励みにてつましき食に足らふ夫かも

事柄が普通過ぎる。

（原）職辞めて十五年それより永き吾が歌誌となりぬ川戸の渓に

―と言うところなんかも、これだけの歌じゃないかな。作者としては、非常な感動があるんだと思いますがね。

（原）海の光反して寒き島山に人ひとりゐて耕耘機響く

まあいいでしょう。

㊊楼閣のいかなる人の筆のあと漢字つたなく九九を記せり

—部分が不味い。これはダメだな。

㊊九十二の君の葬りに歩みゆく紅花三椏の咲き垂るる下

—部分、これだけに特色があるんでネ。難はない歌と言えばないが、どうかな。

㊊乗りし箱鎖ざされたれば観覧車澄む冬空に登りゆきたり

—部分不味いな。「とざされて」でよい。

㊊子の染めくれし髪を手鏡に写す姉言葉少く車椅子に居て

㊊幼子と柳芽吹く下に石拾ひめひしば摘みて吾も遊べり

ともに、いいでしょう。

㊊富士の市《まち》に高き煙突そここに煙は白く低く靡けり

見たままありのままと言うことも、場合によってはいい歌が出来るが、もう少し見所を変えていかなければならないのじゃないですか。門人が富士を書いたが、いつも真正面からばかり書き、在来の富士と変らない。真正面からばかりでなく、もう少し後ろからでも、横からでも書いてみたらと誰かが言ったというのを思い出す。正面からばかり描くのは、余程の力量がないと出来ないのではないか。読者の目を引く歌にはならんな。吾々は力量がないから、たまには後ろから、横からやってみるのもいいのではないか。

(原)一丁目十一番地となりしこの屋敷三百年間増えも減りもせぬ

何を作者は歌おうとするのか。表われたところに気持ちが出ていない。

（平成五年七月号）

(20)

釜井容介著『土屋文明の周辺』（短歌新聞社）は、「はしばみ」に書きつづけたエッセイを纏めたものだ。集中、土屋先生と峠を取扱った所が二所あり、「文明は峠を越えてきたであろうと思われる祖先を想い、少年時代には故郷からの脱出願望として目指す峠を越える夢を持ちつづけていた。

日数割り乾大根葉食ふさへに力つくし峠を越ゆる思ひぞ　山下水

この歌は特定の峠を指していない。……

駆け落ちの母若くしてかくれたる部落は小さく峠の下にあり　青南集

三度目の結婚となった母が父との結びつきも峠の下、突きはなした現実直視の向うに漂う愛執は推察するにあまりある。」等と記され、土屋先生が活写されている箇所も幾所かあり、先生が偲ばれる。今回も、平成一年三月二十六日分の吉田先生の歌評の未掲載のうちの一部。

(原)メタセコイヤの木末に居りし山鳩は暮れ行く空へ飛び立ちゆきぬ

これだけのものではないですか。歌は何でもかんでも、三十一文字にすれば歌になる訳ではない。歌の形態にはなるけどね。

(原)馴れ初めを仕草交へて語らひつ妻と甘酒すする倖せ

低俗過ぎる。

(原)現代の科学を信じ地下鉄の深き階段そろそろ降る

―部分要るのかね。そこまではどうかね。

(原)馬貸して芭蕉にやさしかりにしをひとつ誇りに友をいざなふ

―部分、ここまで言うか言わないか、考えてみる必要がある。

(原)山暮れて灯ともす家の五六軒ボーリングの音峡に木霊す

すっきりとしているが、平凡と言えば平凡。

(原)木の根みちの枯葉踏みつつひとり行く傾く日差はや寒からず

いいでしょう。

(原)カタカナ語いろいろありて難しきリクルートとは鵜とや書くか

「歌とはいろいろありて難しき」だな。これもどうかね。ところで話は別だが、日本の短歌を英訳しても、ニュアンスだけは訳しきれないのではないか。

(原)北風の寒き冬の日咲き続く白く寂しき枇杷の木の花

ハイ。
(原)枝こまかき冬の裸木の下歩むに舟にさびしき人影の見ゆ
(改)…冬の裸木の下歩み舟に…
「むに」と強調する必要はない。
(原)濠水のしづまる堤の教室にて君がこころの芭蕉をならひき
―部分はどうかな。┆部分だけでよい。
(原)頂きて十いく年か藤之助先生の蘭が花梗を立つ
作者の心情はあるんだろうが、これだけでは表われんな。難しいな、こういうところは。
(原)高岡に祀る社の裏藪も踏まししところ歩み入りたり
マアいいでしょう。
(原)嫁ぎたる吾にこまめにかきくれし亡き母の文一つ残れる
―部分、何かもう少しいい言葉があるのではないかな。何とか直してもらいたいが、いいでしょう。
(原)病みつつも大御心はなが雨に稲の作柄をうれひたまひぬ
この種の歌は多い。一般向きなのだろう。
(原)姉のかざりくれたる花の水を替え一日はじまる今日誕生日

淡々と歌ってはいる。―部分、作者としては入れたいのだろうが、歌としていれた方がいいのか、省いた方がいいのか、考えてもらいたい。

㊊冬日差す窓辺の姑の髪を切る老いて愈いよ細きしろがみ

いいでしょう。

㊊故のなき寂しさおそふ日のありて友や姉妹に電話などかけ

―部分、この止め方は軽い。「電話をかける」でよい。

㊊岬の丘珊瑚樹低く周り生ふる麻績《をみ》王の歌碑に今日は来ぬ

―部分、これだけではどうかな。嫌味はないと思うが、今となっては普通の歌となってしまったな。土屋先生の、陵へ行かれた歌など、もっと感慨がうかがえるのがあるが、ああ言う歌はなかなか作れない。

㊊片寄りて減りたる青き砥石遺る老いし姑ひとり炊ぎし厨に

まあいいでしょう。

㊊画廊あり長く親しみし並木通ポプラに代へてシナノキを植う

いいでしょう。

㊊登山帽目ぶかに今朝も歩みゆく寂しき人と思ひわが見し

これでいいでしょう。

(原)桜冬木雨に濡れ幹の光りゐてしばしわが眠る工場の裏

　これでは表われていないのではないか。車の中で寝たことが、いくらかその情景が表われないと。

(原)わがために父の求めし雛人形三味の糸張りて弓を繕ふ

(改)…雛人形の弓三味の糸張りて繕ふ

(原)梅咲くに見舞ひし友の身滅びしかみ墓は遠きところと聞けり

　―部分どうかな。もっと素直に、句にすべきだな。

(原)事あらば心恃みし二十年君亡き庭に万作にほふ

(原)谷渡り何時しか絶えたり入退院繰返したるこの幾年に

　ともに、いいでしょう。

(原)葉ぼたんの丈高く伸びし一畝を残して畑に家建ちはじむ

(原)湿りもつ土やはらかき梅の下はこべは早く緑拡げをり

　ともに平凡ですが、いいでしょう。

(原)雛飾り久びさに来る姉を待つ一人住みゐる姉を思ひて

　前の歌と同じ。淡いと言えば淡い。

(原)おほいなる六十四年終へ給ひ鎮まりいます我が十米さき

これは実景だろう。
㊎赦免使ら刑吏と遭ひし行合川今日来れば海辺の岸に雪見ゆ
—部分、これだけではね。—部分に作者の感動があるんだから、そこを何とかやるといいが。
まあこれでいいでしょう。
㊎海を背に折口信夫春洋の墓をめぐりて野菊さむざむ咲ける
—部分どうかな。
㊎霞む海の水平線より日は昇り岸壁のクレーンくきやかに立つ
㊎山陰の甥を葬ると来し山路櫟生ぬらし雨止まず降る
ともに、まあいいでしょう。
㊎髪洗ひし母は日向に椅子出して梳りをり椿の蔭に
いいでしょう。

（平成五年八月号）

㉑

近藤芳美氏の『無名者の歌』（岩波書店）は、朝日歌壇に寄せられた短歌を抄出し、庶民の戦後史として綴ったものだ。近藤氏は、「それはあらゆる階層と、あらゆる職業に及んでいた。…

わたしたちとともに生きる、この国の、今日のすべての生活者と言えた。…そのような作品は一様に彼らの生きる生活と、人生と、その中のよろこび、悲しみをうたいつづけた。…さらに、投稿者の大多数は専門の短歌作者などではなく、むしろ初心と呼ぶべき人であった。…そのようにうたわれ、そのように読まれ合う短歌がある。…短歌とは、本当はそうした文学だということである。うたわれ合い、読まれ合い、そうすることによって互いに呼び求め合う詩歌である。呼び求め合う世界はどこか。わたしたちの生きる世界―民衆の生活の中、無名の市民らの生きていく中である。その一番大切な意味を今日の短歌はいつか見失って来た。」等々と記されているが、紛れもなく土屋先生に教えられてきたことである。今回も、吉田先生の平成一年三月二十六日の歌評の未掲載分から。

㊓水枯れて洲のひろがれる筑後川旅を終らむ夕べ渡り来ぬ

ハイ。

㊓バス降りてよろめく如き思ひせりかかる思ひのひとたびならず

いいでしょう。老人歌だ。

㊓煮付けしもの楽しく家族に盛り付けゐる夢を見てゐぬ独り過ぐる今に

ハイ。

㊓去りゆきて会ふことなかりし兄嫁の立てたる塔婆父母のみ墓に

複雑な人間関係を詠んだ歌だ。

㊫バイエルの易しき曲にも和ぐと言ふ勤務終へ来てピアノ習ふ汝

(改)…ピアノ習ふ汝は・

㊫四年間に三度変はりし電算機若きらの中にたどたどと過ぎ来ぬ

新しい状況と言えば言える。まあいいでしょう。

㊫日が入ればすぐこほる道タイヤーの削れる粉を立てて車過ぐ

細かいところを見ていますがね。

㊫どの家もしあはせさうに日を浴びるそれぞれ庭に白梅咲きて

いいでしょう、これで。

㊫ミモザの花あふれ咲く朝の切通し過ぎ来て潮の風あたたかし

ハイ、いいでしょう。

㊫己が体知りて生きよと主治医言へば腎生検を承諾したり

これだけの歌とも言えるネ。

㊫昭和天皇御一代の週刊誌さまざま街に並びて笑まし給ひしある日の御写真

くどい。もう少しスッキリしなけりゃ。

㊫小さくて固きつぶらのサンシュュの群がる蕾仰ぎ見まもる

これだけの歌だネ。

(原)渡りなば行方《なめかた》郡なる橋のたもと返り見る筑波嶺ふる里の山も

(改)…ふる里の山

(原)石見の海にか寄りかく寄りなびく藻を拾ひて潮に濡れたり

―部分、歌によくあるが、この場合は、なじみ難い調子じゃないか。―部分も普通過ぎる。

(原)葬場殿にご遺影を近く拝す時君いまここに在《いま》す思ひす

普通過ぎる。

(原)舅の忌に集へる人らこもごもに耳癈ひし姑をいたはりて下さる

(改)…いたはり下さる

(原)立ちどまり仰げば高ししんしんと茂る梢あり行く雲の見ゆ

―部分どうかな。茂吉先生がよく使い、ちょっと味のある言葉だが、ここではどうかな。

(原)切通しの片側高く限る空に白き日ありて道下りゆく

いいでしょう。

(原)回転するマリンタワーの照明が暮れゆく港の空に映れり

―部分だけでは平凡。作者に考えてもらいたい。

(原)寒椿の紅き花に眼をとめぬ君の葬りに来し上野毛の街に

―部分、もう少しいい表わし方がないかな。「足をとめぬ」の方が、眼より良いかも知れぬ。

(原)つはぶきの花に舞ひくる黄なる蝶縁にかがみて母と見てゐる

いいでしょう。

(原)熱のある幼子抱きツゲの実を摘みをれば鳶の声澄みてきこゆる

いいでしょう。

(原)登り窯廃れて残るさまも見て陶焼く町の坂を下りぬ

ハイ。

(原)亡き母の象牙のヘラを今も使ひ母よりも長く裁縫をする

―部分、作者としては感動があるのだろうが、ない方がいいかも知れない。こりゃひとつ作者がお考え下さい。

(原)城跡の丘の白梅暖かき日ざしに咲きあふれたり

平凡と言えば平凡。かと言って直しようもない。景色としてはその通りだからネ。

(原)争ひし後の二人の厨辺にケトルの笛が突如鳴り出づ

いいでしょう。

(原)三十年歌離れゐしを悔ゆるなり新年歌会の片隅にゐて

―部分、普通過ぎる。

(原)高齢にてきびしき手術に耐へましし先生は必ず癒え給ふなり

いいでしょう。

(原)岬山にダナンの枯木ちらばりて黒牛五六頭下草を食む

情景をそのまま歌にしているのですかネ。これだけでは、普通過ぎるのではないか。

(原)花販ぐわが開けし波崎の花の箱若松ありき千両ありき

—部分だけでは普通過ぎる。

(原)倒れむを竹に支ふる白樺に芽吹く気配のはつかに見ゆる

(原)冬日差す松木沢にそひめぐりゆく黒き見つけし榛の木多し

ともに、普通過ぎる。

(原)残業して子が帰り来し車の音しばらく眠りし床ぬちに聞く

これだけではネ。

(原)紀元節二月十一日は開院五十五年診療つづけると夫言へど我は疲るる

(改)…つづけると夫は言へり

—部分、省いていいのではないか。

(原)二十五日前まねきてたびし一周忌にあひしばかりの叔母逝きませり

その通りだが、類型的になってきた。

(原)移り来て坐らむ場所のきまらねば書箱の置場いく度も替ふ

マアいいでしょう。

(原)今年我八十八か医師会より表彰式の通知来りぬ

これではありきたりで、普通過ぎる。難しいところだ。

（平成五年十月号）

(22)

杉原弘編著の『アララギ秀歌抄』はアララギの始祖、正岡子規を巻頭に、先進から無名の作者まで百人の作品を収載、略歴を付し、簡潔に解説された労作である。例えば、中島栄一先生については、昭和二十三年の作、「来し方《こかた》のおもひ暗きに螢とぶ流れの岸に下り立ちにけり」「風吹けば光おとろふる螢火のたゆたふしばしゆく水の上」「竹の上なほ高くとぶ螢あれば去りあへぬ吾がおもひ限りなし」の三首が掲げられ、「特異な発想と思い切った自虐の作があるかと思うと、このように美しい歌があるところに、単純でない作者の作歌態度をうかがうことができ、そこにまた魅力がある。」と解説されている。又、吉田正俊先生については、歌集『霜ふる土』から「新しくベニコヤ…」の作他、茉莉一鉢、駿河一鉢を詠まれた三首を掲げ、「草花に心をよせる態度に、作者独自の姿勢をうかがうことができる。ただ、その美を愛するということではなく、都会生活者としての、複雑な気持の投影が微妙に作品に作用していて共感をさそうのである。」と解説されている。今回もその吉田先生の、平成一年三月二十六日、四月二十三日歌評分の未掲載の一部。

(原)川のうへにぶつかり合ひつつ舞ひゐし鳶別方向の夕空に消ゆ
　まあこれでいいか。

(原)君の漬けし沢庵うまし母のごと割木の形に切りて食みたり
　―部分どうかね。ここを何とかしなければ。

(原)むくろじの果皮を砕きて布洗ふ児等の生き生き学ぶ一日
(改)…布洗ふ児等は生き…

(原)み墓ある比企のあたりの山ならむ今し赤々と日の入りゆくは
　これでいいのではないか。

(原)桜見むと来し高原に祝儀ありぬ教会の鐘短めに鳴る
　―部分、何か分かりにくい。┄部分、どうかな。

(原)冷え冷えとしづもる曇り草生広き国分尼寺跡に咲く桜ばな
　一応まとまった歌。割合おとなしい歌と言える。

(原)仕舞ひ置きし一円切手を又使ふ葉書に封書に追加貼るべく

事柄を歌にするのは、一つの方法として拒否はしないけれど、そこに感動がないと、事実だけでは記録にしかならないと言う類の歌。これだけのもの。

(原)海棠の花はいつしか盛りなりそのかがやきは雨に映えつつ

まあまあこれでいいでしょう。

(原)畑に残りしジャガイモ鍬に切られたり泌み出づるつゆ朝の日に光る

事実だけ…、これだけではどうかな。

(原)徘徊する二人の老と暮す姪明るく語る老の仕種を

―部分は良いが、―部分、表現としてどうか。

(原)秀枝まで咲きし桜の老木に今朝柔かき雨降りしきる

事実は感じがあるが、平凡だ。―部分、要らないかも知れない。

(原)花の下思ひ思ひに宴げするなかに外人のグループがあり

―要らない。いいでしょう。

(原)亡き夫の癌をひたすら偽りて支給さるるべきものいくつか失ふ

（読者に伝わらないものがあり、表現として不十分との清水房雄先生の評に続いて）―部分も考える必要がある。不味い。

(原)白牡丹度々の花を剪り過ぎて今年の蕾少きを侘ぶ

これは本当かね。
(原)桜の花照らす照明にもの読めり夜の出荷待つ運転席に
―部分、ここまで言うかどうか、作者考えた方がよい。
(原)同居されし君が兄上さらさらと食事すませば自室に戻る
―部分、考えなくてはいけない。
(原)冬ざれし丘の林に夕茜華やぐ入野に歌碑をたづねる
―部分を入れて、全体的に平凡になることもあるので、入れるか否か考えること。
(原)春の嵐過ぎたる夕べ幼待つ間に匂ひしるしおに柊の黄花
これでいいでしょう。
(原)人去りし夜のコートにライト照りめぐる林もこめて靄たつ
高い歌とは言えないが、余計なことを言っていないと言う意味において、いいでしょう。
(原)九年《ここのとせ》おもふ退社式に内在す巣守りの心《しん》にあはれ俟ちゐき
(改)…内在する巣守りの…
ややこしい。ごたごたしている。
(原)祝膳の一隅の雪花菜卯の花の老いの御膳にときどきのぼる
―部分要らない。くどいね。┄部分、もう少し簡略にいけないかね。

(原)紅《あけ》の影間なくし震ふ称名寺池に架かりし橋の下びに

—部分要らない。

(原)古き聖堂《ドーム》聳ゆる街中の丘晴れて少女ら朗らかに上りてゆきぬ

—部分、「動いている」でよく、要るか要らんかと言う問題は残るが、まあいいでしょう。

(原)此の家に一日《ひとひ》の事は始まるごと我がかけ薬缶に湯の滾り初む

これでは歌にならんな。

(原)デモの人ら威圧するがに待機する機動隊車の神域にあり

(改)デモの人らを威圧する…

そのままを歌った歌だね。

(原)百号のカンヴァスも自ら張り老妹二人故里に住む

—部分、「老いし」又は「老いたる」とする。いくら直しても駄目。老夫、老妻普通の歌。

(原)吉野川に海苔篊立ちて小雨の中収穫してゐる小舟三つ四つ

いいでしょう。

(原)草深き庭に細ほそ百合の咲くかの古家もこぼたれしと聞く

これもいいでしょう。

(原)病む妻に代りてゴミを捨てに出づ下る裏階段に朝日明かるし

―部分、どうかね。┆部分もこれじゃ。
(原)嚮導し桟橋に船の着くを見つむ我が頬を濡らし春の雨降る
―部分必要ない。┆部分も、ここまで言う必要ない。
(原)花に恋ひ来し伊豆の海は蒼くして岬にけぶる爪木灯台
いいでしょう、これ。

（平成五年十一月号）

(23)

『新編短歌入門』（角川文庫）に、土屋先生が、「初心者のために」と題し書かれているところに、改めて目を通してみると、「何故もっと率直に、日常使ひ慣れて居る言葉で有りの儘に言はないのであらう。」「此の程度の機械的のことに就いて（注、誤字、仮名遣間違）さへ鈍い神経が、どうして言葉の洗練を要する短歌の製作に進み得ることが出来ようかとさへ思うことがある位である。」「もう少し歌に対する尊敬心と云ふものを持つて貰ひたいことである。短歌などをと馬鹿にせず、謙虚な歩みをする同行者を求めたい気がしきりにする。素見《ひやかし》気分や、楽しみ半分では歌は出来ない。」「形は整はなくも、もつと自分の眼で見、自分の耳で聞く自然のありのままを詠む方が正しい道であり、且易い道であることを作者は反省してほしい。」「これだけの景色が、一首の歌になる為には、そこに作者の特殊の心境に依つて、この見慣れた平凡な景色が特殊づけられると云ふことがなければならないのに、作者は漫然と傍観的に立つて居るのであるから、如何とも救ひやうがない。」等々の箇所に私はかつて、線を引いている。今回は、吉田先生の平成一年四月二十三日、五月二十一日歌評分の一部。

（原）藍に染めし布を陽に干す裏山はきぶしの花の盛りなりけり

　素直でいいでしょう。

（原）恙なく老いてことしの花の下少女の日よりの友と歩みぬ

―部分、表現が不味いけど、一首としては難のない歌、いいでしょう。

（原）字書をひかず単語一つの意味を問ふ子の安直を叱り夕べ居りたり

―部分、怠りとか、何かいい言葉がありそう。

（原）住みましし土屋先生の家閉されて檜は屋根を越えて繁りぬ

これだけでは、普通の歌になるのじゃないですかね。

（原）一円切手の製造コスト思ひつつ四十円の葉書に貼りぬ

―部分を持ってくるのがおかしい。「一円切手を」として、省く。

（原）日に三度の炊事煩ひ言ひつつも人に渡らば淋しからむか

人は嫁か。実感でなく、空想過ぎる。

(原)例年の路地行くも心楽しくて税戻りくる申告をすます

気持ちは分かるが、—部分、大仰過ぎるよ。少ししか返らないのに。

(原)庭の馬酔木の花つみて遊びし幼き日よ人住まぬ叔父の家こぼたるるとふ

情景は分かるが、事柄はこのままで、全体的にもう少し簡略にいかないか。例えば、—部分、ここまで要らないのではないか。

(原)紅の牡丹の花芽育つ待つ寒き日暖き日こもごもありて

まあいいか。—部分、「育つを待つ」とする。歌はある調べを欲しい。調べを無視することは、歌ではいかんだろう。材料によって変化しなくちゃいかんが。

(原)移りゆきし友の残せるシンビジュウム今咲き盛りわが部屋にあり

一寸感動はあるし、難を言うことはないが、類歌は多い。この歌はもう古いと言っていいかな。子規は歌を全部残している。初期の歌は、あんな歌がと思うのもあるが、逆に、後年あそこまでいったのはと言う歌もあり、参考になるね。

(原)神田川水清くなりて洗堰のあたりに今日は鶺鴒が来てゐる

いいでしょう、これ。

(原)風吹けば檻の中よりアフリカの猫の野性の強き臭ひす

—部分、ここまで言っていいか、自分で考えて欲しい。

(原)「暇ありすぐ来よ」われは風になり地下鉄の階段若葉の並木を駆けぬ

—部分、気になる。とらなきゃいかん。大げさ過ぎるんだな。

(原)召さなむと進むるカツに割れにける義歯含めつつ辞して嘆かふ

歌になるかね。どうしてこう詠むのかね。

(原)聴診器胸に当てる夫に仰向けるベッドの幼子見つめ笑ひぬ

「幼子は」とする。—部分まで、言わなくていいんではないか。

(原)公園の藤も桜も花過ぎて緑の若葉風に揺れをり

これだけでは平凡過ぎる。

(原)山深き木立に低く雲籠めて雨中幽かなり修験者の滝

くどい。もう少しスッキリいくべきだ。—部分、要らないかも知れん。

(原)帰り際に夫人がわれを引きとめてかたくりの花を見せてくれたり

嫌味はないが、これだけの話。

(原)弥陀描き終へ降りたつ庭のこの朝くきやかに映ゆ雪被く富士

これだけだ。

(原)逢ひ得たる汝との訣れ耐へがたく成田へ行かず電話でさようなら

—部分、軽過ぎる。「…成田へ行かず」までで良い。

㊊見上ぐれば空に拡ごり紫の木蓮咲きゐて春の憂ひ消ゆ
—部分の言葉が目立つだけで、もともと平凡だ。短詩には入るが、短歌には入りにくい。
㊊六十四年過ぎしぞ思ふ幼くて母の財布より吾れ銭ぬきし
—部分、もっと簡略に言ってよい。---部分、もっといい言葉ないかな。
㊊ひこばえの馬酔木を採りし木下かげ素枯れし山帰来の朱実連なる
くどい。単純にいくべき。
㊊雨止みて月輝けば出港するコンテナー船の船長は喜ぶ
—までは要らない。
㊊日毎来し目白来たらず春の日に庭木に刺しし林檎しぼめり
—部分、この辺まで言わないで、もう少し何かがないと。
㊊ギボウシとワラビ採りつつ伸びやかにツツジ咲きつぐ道を降りゆく
いいでしょう。ただ、細かく言えば、—部分はどうか。
㊊補助輪をつけし幼なの自転車が角曲るまで吾の見てゐる
㊊湯浴みして明るき夕べ藤の花揺れて母と在る暮しを思ふ
ともに、これでいいでしょう。
㊊草たけて勢ふ土手に一叢の忘れな草は色保ち居り

平凡になっているのではないか。

(原)すこやかにて献血し得しを喜びつつ若葉揺れゐる街歩み来ぬ

これはこれでいい。

(原)お産の重きは我に似たりと言ひまして明くるまで付き添ひくれたり母は

—部分不要。

(原)片寄りて花びら走る夕べの道ゐんどう一包持ち帰りゆく

—部分、これではどうか。まあまあいいでしょう。

(原)三浦より曇り渡れる空のはてひとところ明るく影立つ大島

これでいいでしょう。

（平成五年十二月号）

(24)

秋山庄太郎氏は、「私の写真は、文芸になぞらえば、俳句だと思っている。俳句は簡単につくれるようで、一人よがりでは、その意味が伝わらない。写真でも同じだと思う。表現の個性と言っても、その個性を共有してもらえる、見る側と通じ合えなければ、寂しいものである。『低俗』といい、『通俗』という。二つは同じものかどうか。『低俗』は論外だが、俗に通ずることが、すべて低俗ではあるまい。私はいわば、いい意味での通俗を求めてきた。あらゆるものが美しくあれと願って、それをつかみ出すことに専念してきた。」（日経新聞「私の履歴書」平成五年六月三十日）と記されているが、参考になる。今回も、吉田先生の平成一年五月二十一日、十一月十八日の歌評分の一部。

㊟あしたより幼き声にきこえゐし鶯は暮るる山に啼きつぐ

これはいいだろう。歌がうまいと言うのではなく、割合素直でと言う意味。

㊟老いし母とかく旅するもいつまでか海の光まぶしき竜飛岬に立つ

これでいいでしょう。

㊟桜咲く谷に連なり幾十の鯉幟ひるがへる春の光に

少しバタバタしている。もう少し単純に歌う必要がある。

㊟草々は葉のみ勢ひて茫々と花の乏しき吾が庭の上

全体がダメ。

㊟去年の枯れたる茎に添ふごとく金蘭は新しき芽を伸ばし来ぬ

—部分、具合悪い。内容として仕様がない。

㊟訪ふこともまれになりたる古里の甥の祝にはなやぎ行かん

—部分不味い。感情を誇張するきらいがある。甥の祝に行くだけでいいんじゃないですか。

㈷卯の花の白きをつづるこの小枝手帳にはさみて山道をゆく
一つの感じがあるとも言えるが、これだけでは淡い。
㈷意識なき君が腕をさすりつついつくしみくれし遠き日を思ふ
感情が素直に出ているから、一応これでよいのではないか。
㈷戦に明け暮れし世に生きし我戦の歌を一首も詠まず
――部分は良いが。戦に無関心の気持ちを表わそうとしたのだが、どうか。
㈷心こめ一本づつを紙に巻き母の培ひし菊の苗届く
割合素直ないい歌だと思う。――部分に、母の心づかいは出ているから、――部分要らない。これがあるから歌をダメにする。よく考えないと。
㈷飼犬を共に語りて親しみし人も老人ホームに移りゆく
現代の世相を、一応歌にしていることは分かる。
㈷沢庵和尚のみ墓前にて拾ひたるやせて小さき一粒の栗
――部分、固有名詞が効いているか。――部分、ここまでは不要。一通りの歌だね。もう少し作者の感じを出さにゃいかんね。これだけではね。
㈷夜の更けを気付かず縫ひゐて立ちし時夕べ焦がしし物がにほへり
――部分気になる。――部分くどいな。歌としてはきわど過ぎる。

(原)朝日さす竿のしづくのきらきらしいま橙の澄みたる光
　上句が余り平凡だから、下句を持ってきたと想像出来るが、きわど過ぎる。特に、「いま」だ。
再考する余地は残っている。

(原)ひとり行きし湯抱鴨山あきちょうじ花咲く峡の道暑かりき
　ごたごたしている。この一首、—部分あたり、もう少しすっきり表現しなければだめだ。

(原)久しくして家に帰れば庭の木々樹相変れるか直に馴染めず
—部分、これは駄目だね。良く言えば、工夫し過ぎたと言うのか。

(原)いたはりし鉢の野ボタン吾が留守の庭に咲きては散り敷くらむか
　平凡だな。私も、野ボタンの歌をだいぶ作ったが、難しいな。平凡になってしまう。そう言いながら、又作った。

(原)子ら夫婦二年あまりは帰らぬとリムジンバスにしみじみ思ふ
　普通過ぎる。感じが、あっさりし過ぎているよ。

(原)入野一面葡萄末枯れるときに来て稲やめ葡萄つくるさま見あるく
—部分、余計な描写。ただごとの歌に終っている。稲やめ葡萄への推移に、作者は感心しているが、大したことない。

(原)終の看とりなきままに送りし夫思ひさにあれと祈りて心安らふ

気持ちがちぐはぐだ。

㊊新しき散歩道成る萱刈られ松伐られ低き丘削られて

事柄を並べただけで、並べ方がうるさい。これじゃ。

㊊富士五合目に繋がれし馬に跨りてホロンバイル草原の日々をし憶ふ

これじゃ駄目だ。

㊊老人会に入りて三年媼らとやすく言葉を交はすこの頃

無造作過ぎる。これだけじゃ。

㊊新しき家並歩みて植ゑかたに人柄しのばゆ会ふことなしに

―部分不味い。---部分余計。くどい。

㊊花のとき長きうとみし百日紅散り残りしに淡き灯の差す

―部分、不必要なんだ。それ以下だけでいい。焦点を絞らなきゃ。何でもかでも三十一文字に入れるのは無理だよ。

㊊子の生れて弱く育てばその責の汝にぞありと争へる日日

平凡だね。普通過ぎるよ。

㊊朝凪ぐ光れる波を分けて航く漁船一艘伊良湖の方へ

嫌味はないが、これだけでは類型的で、普通過ぎるのではないか。

(原)幾所にも九日薫子来る日と書かれあり吾を待ちたる亡き母の文字
難点はあるが、いい歌だと思う。
(原)秋の陽ははためくテントの上に照り台風東海上に去る
―部分、こう説明したところが駄目。
(原)北風になびかふ葦に逝く夏を惜しむがごとくよしきりの啼く
―部分、余計なことだ。どうして今頃こんなこと使うのか。誰が読んでも気になる。
(原)床につき瞼とづれば蒼海の波のほたゆたふ仄かなるもの
―部分、くどいと言うか、余計と言うか。焦点を波に絞らなきゃ。
(原)久々の友とビールを酌み交はす高層ビル群窓にし見つつ
―部分、ここの気持ちをもっと出さないと。┄部分、こんなことはどっちでもいい。

（平成六年一月号）

(25)

「噺家（はなしか）の心得に『噺家は語るな』というのがあるという。『ぐだぐだ説明するのではなく、表現しろということなんでしょう。映画監督も語るなです。映画美なんてことを考えた瞬間からだめになる。おかしがらせてやる、なんて余計なことを考えた瞬間から観客は笑わない。』やはり、山田映画の底流には落語が息づいている。」（平成五年九月十二日「日経新聞」）は映画監督の山田洋次氏について触れた件りであるが、短歌についても同じようなことが言えそうである。今回は、吉田先生の平成一年十一月十八日の歌評分の未掲載の一部。

㈷かかりゐし雲移りゆく御社を朝の空気のひやびやつつむ
—部分不要。……部分平凡。

㈷骨折せし左手が首近く届きたりネックレス久々につけて出でゆく
—部分、報告だよ。……部分でまとめにゃきゃ。説明的過ぎる。どうして、こう言う説明的な歌を作るのかね。

㈷抜きしまま畑に置かるる落花生の生なまと匂ふ雨後の照りに
普通過ぎるネ。

㈷胆石の予後百二十日秋ふかむ夜ごろをスギナ煎じて過ぐる
—部分どうかね。つまらない。「百二十日」と言う言い方もネ。

㈷直線のコンクリートの岸低く埋立ての島尾花光れり
……部分平凡だね。—部分、ここを主眼点に詠めば、割合新しい歌になる。折角の特殊な情景を、何とか歌にまとめないと。

㈷霧吹きくる岩かげに松虫草を摘む亡き夫君に供ふと友は

上、下句、どちらかに焦点をしぼるべき。一首全体として平凡。—部分の情景を、もう少しまとめて、気持ちが出るように歌にすべきだ。

㊖百舌去りて一つ残りし梅の葉の小さき羽毛はまだ揺れ止まず

—部分、よく見ているが、細か過ぎる。「…羽毛を残していった」でよい。

㊖膝病みてゆるゆる歩む母に添ふ木犀匂ふ道了尊に来て

気持ちは出ているが、—部分を工夫すること。

㊖いつの日か鳥が運びし玉すだれすがれし庭に清やかに咲く

—部分、対照的見方過ぎる。避けた方がよい。

㊖森の切れ間利根の見ゆるに吾が憩ひバスの上にをり墓よりの帰り

—部分、こんなことないよ。

㊖快く疲れて雨の中帰るアララギ歌会に多くを学びて

普通だね。本当に多く学んだかね。

㊖病みあとの足馴らすべく文へられ妻とめぐりぬ坂多き街を

同情出来るが、—部分、説明的過ぎる。┆部分だけでよい。

㊖晩秋の雨にひとすぢ煙はくビル街の窓昼の灯ともる

┆部分、もう少しいい言葉はないか。—部分、一つの情景だけれど、少し淡過ぎるな。

㊊退院日伸びたる父と病室に遠き木立の寒蟬を聞く
—部分、感じを持たしたのだろうが、説明的になり過ぎているきらいがある。
㊊若狭の海の没り日を見むとゆく草原空に雲雀のこゑひびきゐて
普通過ぎるな、一首全体が。
㊊吹き上ぐる霧に絶えまなくゆれうごく丈低き虎杖富士五合目の道
結句が効いていない。
㊊ブルドーザーが建物を壊す音きこえ道をへだてしわが家を揺らす
平凡。
㊊耳遠き叔母は付添の手を離れてターミナルデパートに寄りたしといふ
㊌…付添ふ吾の手を離れて…
—部分、これだけでは平凡。
㊊山畑に兄が培ふ大根のしげり合ふ葉に朝々の露
—部分か、—部分か、どっちが主眼か、わからんね。あいまいで、普通過ぎるな。—部分、これだけではね。
㊊頷くのみの病む母は帰るわれに震へるみ手をわれに伸ばしぬ
㊌…帰らむとするわれに震ふ手を伸ばす

―部分、普通、あたりまえになっている。---部分を主眼点とし、それ以下は省くべきなのだ。

（原）寝ると言ひ起きると言へる病む母の傍に居て一日は長し

「言へる」は「言ふ」でよい。「長し」は要らないんだよ。あきあきしたという感じになり切らないんだ。よく気をつけんとね。一日、母のそばにいただけでよい。

（原）市ヶ谷に碑残るのみの士官学校を亡き父巣立ちぬ九十年前に

―部分、良くない。「卒業した」と率直に歌うべきだ。---部分、要らない。

（原）房総も三浦も見ゆるはづなれど雨低く垂るる今日の海

―部分、どう言う気持ちかね。「雨雲低く垂れて房総も三浦も見えない」ならな。これで、歌になっていると思っているのか。

（原）どうしても死なねばならぬ羽目になりうろたえいしが救われし夢

（改）…うろたへゐしが救はれし…

仮名の間違いを言うだけの歌でない。事件的過ぎる。ドラマチック過ぎる。

（原）用もなく歩み歩みて今日も来つ椎の大樹の昼のくらきに

上句、作者の気持ちはある。―部分、もう少しすっきりとやらなきゃ。

（原）迫り来む厳しき冬を思ひ見たり庭に雪囲ふ藁積みてあり

---部分は感じがあるが、―部分の、おおまかなつかまえ方が問題だ。

(原)楽しみてもみづるを待つ庭のまゆみ今日の嵐は葉も実も散らせり

上句は説明的で、下句も、これでは駄目だ。上句だけでいいんだ。これでは、感情の重複があるんだね。これじゃ普通になり過ぎるんじゃないですか。

(原)全身に湯浴みせし如汗噴きぬ三坪の菜園の藷掘終へて

—部分だけでよい。上句、要らないんだよ。平俗になっちまうんだね。

(原)昏れなづむ茜の光とどきゐる先生のみ墓に詣で来にけり

まあまあ、これならいい方じゃないの。

(原)枝張りし楓紅葉に日は差して彩どる谷を飽かず眺める

—部分、要らないんだよ。

(原)濡れ縁に日の長け実る鉢の林檎幾つか障子にくきやかな影

—部分、くどすぎる。もっと簡潔にして、「鉢の…」以下でまとめ、「影がさしている」だけでよい。

(原)亡き人の家にか細く菊咲けり人の住まねば花も絶えゆく

あたりまえで、普通過ぎる。菊の咲いている光景を歌にしないと。

(平成六年二月号)

(26)

平成五年十一月十七日の日経新聞の「春秋」欄に、盲目の箏《こと》演奏家、宮城道雄の話が載っていた。八歳の時失明し、後に、「光をうしなった私の前には、複雑極まりない音の世界が展開されてきてから、色に触れぬさびしさは十分補われるようになってきた」と記す。その随筆を読んだ作家の長部日出雄氏が、「漫然と見過ごしてきた光景が、にわかに鮮明によみがえってくるのを覚えて、目と心を洗われるような気分になる」と書いていると言う。いい話だ。そう言えば、その翌日の日経新聞の「文化」欄に、今年の日展の彫刻について、「ほとんどが具像の伝統の中にあり、人物立像に正面から取り組んだ作品が大部分を占める。…そんな会場の中では、作為のない作品にこそ目は安らぎを覚える。」と、触れられている。「漫然と見過ごしてきた光景」を、「作為のない作品」に仕上げてこそ佳作と言えるのではなかろうか。今回は、吉田先生の平成一年十一月十八日、平成四年九月二十七日、十月十八日歌評分の一部。

㊡風の盆のゆふべ八尾《やつを》にふる雨のいづこかおわらの咽ぶごと節
㊣…いづこかおはらの咽ぶごとき節
「き」を入れようが入れまいが、これじゃ駄目だね。小原節にも及ばんな、この歌は。
㊡帰り遅き子を待ちきれず告げたき事こまごま記して寝につくなり

――部分、言わなくても表現出来るのでは。普通過ぎる。

(原)唐黍よ早くみのれとみんみんが鳴くよといひし祖母を思ひ出づ

昔の祖母だから、年寄りが言いそうなことだ。

(原)書斎より真向うにふと見つばらの花深紅の色に居眠りより覚む

ごたごたし過ぎている。もう少し、スッキリいかないと。

(原)引き続く友の葬に家いづる弱くなりたる脚はげまして

――部分だけではね。

(原)ショートパンツはきて「軽くて涼しい」とよろこぶ我に「太い足が似合わない」と夫の言ひ放つ

これではね。歌の範囲が広くなることも結構だけどね、ここまで広げるのもね。

(原)ビルの間に槐はすでに緑淡き莢実となりぬこの幾日かに

これでは平凡だよ。

(原)われの胃のフィルム持たされ歩みゆくいちやう並木のかげをよりつつ

――部分どうかね。受身にしなくても、「持ちて」でいいのではないか。

(原)乾きしものたたみてをれば鉦叩細々と鳴く母のゐぬ秋

母の亡くなった秋と言うのか、それとも、母が家にはいないと言うのか。おそらく前だろう。

(原)休み日にゆるゆる歩く通ひ道見あぐれば柿色づきにけり

(原)天山の辺に探しゆき白鳥の湖《うみ》しひとはわが歳を超ゆる

後ろの歌、人をたたえる歌ととれないことはないが、これではね。まあ較べりゃ前の方だ。

(原)路に沿ふ暗渠に昔の音あれどかかる水車の動くことなし

(原)渓谷に近き稲田に雀追ふガス爆発の時をりきこゆ

較べりゃ後の方だろう。後の方も、ありのままを作って平凡と言わざるを得ないけれど。

(原)北かぜの電線に吹くもがりぶえ人なき朝の道われひとり来る

(原)雨の朝伏せたりし茎おきなほり彼岸すぎてさく曼珠沙華の花

―部分、作者が伏せたのじゃないだろう。較べりゃ前だよ。

(原)此の街は坂無きが嬉しと言ふ友の少し脚を引き帰り行きたり

(原)岸に寄する波見て立ちぬ気にかかる友への手紙今日も書き得ず

較べりゃ後だろう。

(原)はるかなる砂漠の風を思はむか頭巾かぶれるミイラの前に

(原)紀元前の人の心をここに見る絵をほどこせる二つの木馬

前のは、これじゃ大げさ過ぎる。―部分なんて言い方はね…、較べりゃ後の方でしょう。

(原)自ら涙たまり来るしきりにて寂しき事のせまり来る日日

(原)蛍光灯の時々消えて点《つ》くまでの何による心ただたどきなし
―部分なんてどうかね。私は前の方をとる。
(原)澄みとほる山辺に匂ふ松虫草共に見し君は病みて伏すなり
(原)雑草に荒れし田畑を嘆かひし父母思ふふるさとにきて
同じ程度の二首だな。後をとると言えば後、前をとると言えば前。
(原)眠りたる夫のかたはら日の当る絨毯の汚れひとり見て居り
(原)病む夫をひとに委ねて旅ゆかむ事も何時しか思はなくなりぬ
そうね、前だ。
(原)ノモンハン思はしむ老いしドゴルニマ日本語にふっと京都を言へり
(原)ハイラル近き君の自治旗の草原のもみづる頃と偲びて居りぬ
そうね、後の方だろう。
(原)庭の石を掩ひて咲ける風露草夕日照らして小花めだちぬ
(原)ギブスせる足かばひつつ夫の立つ庭いちめんに風露草咲けり
前の歌、―部分不要で、風露草に夕日が差しているだけでいい。そう言う意味で、後の方をとっとくか。同じような程度だがね。
(原)そこかしこ光の落つるあはあはし木の間にパンの包をひらく

—部分だけではね。

(原)塀ぎはに顧みられずオシロイの花は終りて黒き実を採る

—部分だけでいいんだね。

(原)間違ひ電話と思へど一瞬心さわぐ亡き夫に似しやさしき声に

(原)子の逝きて二十余年に思ひつつ蟬の声しげき墓に草引く

同じ程度かも知れないけれど、前の歌。

(原)オホーツクの海にせまりて草丘の起き伏すなかを汽車は来にけり

(原)夏の海の波しづかなり草丘にエゾフウロ終りの花を咲きつぐ

どちらも北海道だが、前の歌を採る。

(原)半夏生の白き花穂のたち揃ふ路地を歩めり夫に添ひつつ

(原)鐙摺《あぶづり》の浜に遊びし遠き日の子ら幼くて海青かりき

(原)峠への道をはづれて少し歩み橡の実青き谷に入りゆく

(原)日の暮れてなほむす舗道にかがまりて携帯電話使ふ人あり

(原)気負ひなき嘱託の日々今にして楽しく働くことをわが知る

(原)亡き夫の古きリュックを取り出だし秋の日の差す縁に干したり

以上六首、いずれも採れる。

（平成六年三月号）

(27)

瀬戸内寂聴氏は、その著『寂聴つれづれ』（朝日文庫）において、「まだ芸の未熟なうちから、上手な人の中に交って、馬鹿にされ、下手さを笑われても恥じないで、平気で聞き流して稽古に精を出す人が、生まれつき天分がなくても、道になれて油断せず、勝手気ままに我流にまかせないで、こつこつ励んで歳月がたてば、天分があっても熱心に練習しない人よりは、いつの間にか腕が上っていて、最後には、名人上手と世間で認められる立場になり、貫禄も出るにつれて人徳もそなわり、最高の達人という名誉を手に入れることになる。…物を習う時は自尊心など一切捨てて、どんな社会的立場の人でも裸の人間となって師匠と選んだ人に自分を任せきらなければならない。」と書かれているが、参考になる。今回は、平成四年十二月六日の吉田先生の歌評の未掲載分。これが、先生がご出席された最後の歌会で、本書の最後の歌評となる。

㊊高々と枝打ちしたる杉林連なる幹に秋日さやけし

㊊垂れ下る秋海棠の一枝の花はスカートにふれて写れり

　平凡と言えば平凡だが、前。

㊊名を知らぬすこし朱き地にはふ草ネコジャラシなどもけんめいに抜く

㊊かつら並木もみぢせし木は折々に黄の小さき葉散りてくるなり
—部分だけではね。較べりゃ、平凡だけれど後。
㊊墓参おへ槻川の土堤に昼食とす吾が持ちて来し焼団子四本
㊌墓参をへ…
㊊足もとに一きわみどりあざやけきフユノハナワラビに吾はかがみぬ
—部分だけではね。
㊊アララギも短歌も知らず教壇の先生を仰ぎき昭和十九年四月
㊊榛名恋ふみ歌きざみし碑に寄りて榛名連山の遠き影見ぬ
これは後だよ、後。
㊊詠みましし水車の位置と聞くあたり竹群あかく夕日差しをり
㊊補聴器を探すと再び出でゆきぬ父は青菜を抜きゐし畑に
後は普通だよ。—部分、課題だが、二首較べれば前。
㊊草思堂裏手を来ればひる早く光かくろふ山陰の道
㊊御岳なる渓流つたふかたかげの径に踏みゆく落葉ほとびぬ
そうね、前の方。
㊊文化勲章受賞の先生に対ひゐてことば少なかりき卓上に何か置かれて

㊊旅の途を日やけせし先生に会ひたりき昭和四年八月はじめて倉敷歌会に

―部分、作者か先生かどちらかね。同じような歌だけど後。

㊊刈株の残る田圃にざりがにの住むとふ小穴幾つかありぬ

㊊ざりがにの住むとふ小穴はまん丸く縁滑かに水たまり居たり

較べりゃ前の方。

㊊遺し給ふ蘭の鉢より芽生えたるべコニヤ咲きつぐま白き花に

㊊嫁ぐわれに送り給ひき太原の祭の賑ひ詠まれしみ歌

後の歌にしましょう。

（平成六年五月号）

あとがき

「アララギ」が終刊、数誌に分裂後、昨年で十五年を経た。終刊して間もなく、「吉田正俊の短歌はもう古い」とアララギ時代の友人が言った。彼には別途心酔する人がいての言葉ではあったが、私は歌の傾向が違うだけで、新しい、古いということはないと思った。確かに、現代短歌の奇を衒った歌のような新しさや派手さは、吉田先生の歌にはない。そのような歌は、ともすると気障りな歌で、すぐに厭きがきて、色褪せてしまう。吉田先生の歌は、すでに記したように、用語も素材もさりげなく、自然で平明で柔軟な詠みぶりで、歌意鮮明な作が多い。画の境地のように美しく、言葉が心に深くくい入っていく声調で、感動が伝わり、深く味わいのある作が多い。又、生活の歌も、日常の中から感性よく独自の切り取りをして、淡々と詠まれるなか、生活感情が清新に描き出されて、感銘を与える作が多い。従って、それらの作は古いどころか、いつまでも清新で、味わい深い。

今振り返ると、吉田先生ほど「短歌の限界」を心得ていて、短歌に立ち向われた人はなかったのではなかろうか。短歌は「か細いもの」と思って、対象をじっと見入り、心の奥に醸し出てくる思いを、紡ぐように歌に詠まれていたのではなかろうか。歌会の席で、茂吉はジーと物を見つめて、感じが自ら起こるのを待って、感じを醸すごとく詠んだと話されたことがあるが、その姿は吉田先生ご自身のことでもあったのではなかろうか。そして、そのようにして、現実の対象に迫る努力を、生涯重ねられたのではなかろうか。「本当は平凡な奥深いところが歌に詠み得るのが良い。」、歌会でのこの言葉こそ、吉田先生がめざされたものであると思うのである。

ところで、私と吉田先生との関係について、歌誌「柊」の「創刊八十周年記念号」（平成二十年六月号）に、次のように記している。

私は「柊」に先行してアララギ等に入会していたが、関西のアララギ系の若手の会「グループ青麦」のメンバーの一人から、「北陸に『柊』というアララギ地方誌があり、『アララギ』の選者吉田正俊先生がその選をされている。選歌は厳しいが、作品は粒揃いで、勉強になるのではないか。」と教わり、昭和四十八年四月に入会、その選を受けることとした。当時「アララギ」の選者は輪番制で、年に数回しか吉田先生の選は受けられなかったが、「柊」入会後は月々その選を受けられ、しかもその選は、先生ご逝去の年まで続いた。特に私が関東に転勤になってからは、「東京アララギ歌会」に出席、土屋先生の後を受けられた吉田先生の謦咳に直接接することが出来、そのご指導を受けた。又、先生に改めて選歌いただいた作品でもって歌集『合歓の木蔭』を編み、吉田先生に関する文章二編を附して上梓させていただいた。

吉田先生には、昭和四十四年七月のアララギ入会後、とりわけ、昭和四十八年四月の「北陸アララギ会（柊）」に入会後は月々、先生の最後の選歌となった「柊」平成五年八月号まで、実に二十四年間ご指導を賜わり、私の歩みを見守っていただいた。時あたかも昨年は、先生ご生誕百十年の年にあたり、今年は没後二十年の年にあたる。ご生誕地福井の橘曙覧記念文学館では、先生の二十年忌前後（五月から七月）、「吉田正俊先生没後二十年記念展」を開催いただけると聞き及んでおり、嬉しい限りだ。

私としては、本書をまとめることによって、先生へのお礼としたく、出来る限り多くの人にお読みいただき、吉田先生のことを一人でも多くの人に知っていただき、アララギの一時代を偲んでいただければと思っている。

私は、土屋文明先生が、最晩年の昭和六十三年六月の「東京アララギ歌会」で、「全体について申し上げますと、非常に下手だ。これがアララギの詠草だと言って世間に出せますか。これがアララギの会費を納めている歌詠みの歌と申せますか。新聞の投稿歌に随分ひどいのがありますが、それと変りませんよ。皆さんの大多数は歌はどういうものかを知らないのだ。結局、手さぐりでいいかげんに作っている。アララギの歌の主張はどういうことを主張し、歌を発表し、人を集めてきたかをてんから知らない。これじゃ困るんじゃないですか。何とか方法はないものですか。まあ、お考え下さい。」と総括されたことが忘れられない。そして、この言葉を、土屋先生からの宿題と受けとめ、『土屋文明の添削』をまとめ、私なりに歌作に精進してきた。本書はその二冊目ともいえるもので、次は、これまでにアララギで接した人々や、アララギ先人の足跡、私が短歌について考えてきたこと等について、これまでにまとめ、これからまとめる文等の中から取捨して、一冊の本にまとめたいと思っている。それが、昭和四十二年十月、大村呉楼先生の「関西アララギ」に入会、アララギ一途に歌を詠み続け、昨年で四十五年を経た、私のなすべき責務と考えている。

尚、本書は、『土屋文明の添削』の姉妹編とも言えるものだが、吉田先生は土屋先生ほど添削はなされなかった。又、私には余りにも身近で、小見出しや本文では、吉田正俊先生と記したが、書名は前書に合わせて簡潔に、『吉田正俊の歌評』とした。更に、巻頭に吉田先生のお写真と吉田先生よりいただいた葉書のうち三葉を附した。これらの葉書は、平成三年、歌集用の選歌をお願いした時にいただいたものである。

最後になったが、本書について、現代短歌社、とりわけ今泉洋子氏に諸事万端にわたりお世話いただいた。それに、アララギに拠ってきた同志の皆様のお蔭であり、誠に有難いことで、ともにここに記して、心から感謝申し上げたい。

平成二十五年一月一日

吉田正俊先生没後二十年の年に、
奈良西大和の自宅にて

横山季由

著者略歴　横山季由《きよし》

昭和23年５月15日京都府綾部市に生る。綾部高校を経て、昭和46年大阪大学法学部を卒業、日本生命に入社。仙台総支社長、ニッセイ同和損害保険理事大阪統括支店長等を経て、平成21年３月末定年退職。

昭和42年関西アララギ、昭和44年アララギに入会、現在新アララギ、短歌21世紀、北陸アララギ（柊）、林泉、放水路の各会員。

現代歌人協会、日本歌人クラブの各会員、大阪歌人クラブ理事。

歌集に『峯の上』『合歓の木蔭』『谷かげの道』『風通ふ坂』『峠』『定年』（ともに短歌新聞社）、『昭和萬葉集（巻16・37頁）』（講談社）に掲載。著書に『土屋文明の跡を巡る』（正・続）、『土屋文明の添削』（ともに短歌新聞社）、小市巳世司編『土屋文明百首』（短歌新聞社）62頁63頁を執筆。

吉田正俊の歌評

平成25年２月20日　発行

著者　横山季由
〒636-0071　奈良県北葛城郡河合町高塚台2-17-11
発行人　道具武志
印刷　㈱キャップス
発行所　現代短歌社

〒113-0033　東京都文京区本郷1-35-26
振替口座　00160-5-290969
電話　03（5804）7100

定価1800円（本体1714円＋税）
ISBN978-4-906846-44-3 C0092 ¥1714E